Kattenhochtiet un anner Vertellen

Ernst-Joachim Brüning

Kattenhochtiet

un anner Vertellen

Plattdeutsche Alltagsgeschichten

Karl Wachholtz Verlag

ISBN 3 529 047244

Umschlagentwurf und Illustrationen
von Jürgen Pieplow, Wedel

Alle Rechte, auch die des auszugsweisen Nachdrucks,
der photomechanischen Wiedergabe und Übersetzung, vorbehalten

Karl Wachholtz Verlag, Neumünster 1990

Inhaltsverzeichnis

Kattenhochtiet	7
Don Juan	9
De Fastlavenexpidischon	11
De Lumpenball	13
Piepsmöken	15
De Fröhjahrsdiät	18
Osterwater	20
Ob de Osterhaas dat ok all slepen kann?	22
Janpeter in Nöten	24
Söß Rundstück – wi verstaht doch Plattdüütsch!	26
Mien seeli' Emma ehr Gewürz	28
De Kompromiß	30
De Malers kaamt	32
Fathmé	34
Heimatanschrift: Bahnstieg 8	36
Is dat 'n nationale Katastrophe or geiht gar de Welt ünner	39
Amtsgeschäfte	41
Wegrationaliseert	44
Dat nee Auto	47
Schinkentied	48
De Ferienreis in't Unbekannte	50
Unse schöne lüttje Schweiz	53
Urlaubsprobleme	57
Learn Languages	59
Enmal Tokio un wedder t'rüch	61
Laudatio up'n Kökendisch	63
Hein Wohlers un de Bookwetenklümp	67
Dat Liefgericht	69
De „Schnellkochtopf"	71
Hebbt de Höhner Aarnbeer?	74
En richtigen Buurhoff	76

Chrischan	78
Huuvengeschich'n	81
Ik kaam ja wedder, Pappa	82
Mien Frün'n, de ik so drapen dau	84
De Herr un sien Hund	86
De Bruunkaukenkeerl	88
Dat Haulock	91
Wiehnachtenavend	92
Der Autor über sich selbst	96

Kattenhochtiet

Dat weer al mächti' schummerig in de Wahnstuuv an düssen Februarnamöddag. De Sünn, de den ganzen Dag över schient harr, möök Anstalten ünnertogahn. Dat weer still in de Stuuv. Blot dat Ticken vun de Wanduhr weer to hör'n. Mudder seet an't Finster, üm dat letzte Daageslicht noch för ehr Neiharbeit to nütten. Vun buten kunn en de Deerns hör'n, de mit dat Melkgeschirr klötern.
Denn höör Mudder up de Vördeel lütte Fööt trampeln, un ehr veerjöhrige Söhn Hermann keem in de Döör rin. He sett sik up Sofa un keek na buten, wo allerlei Vagelwark an den afkaakten Sviensknaken rümpickten. Mudder keek vun ehr Neih'n kort up: „Büst du hüüt gar ni bi Oma un Opa, Hermann?" Hermann weer nämli' sünst üm düsse Tiet jümmers bi Oma un Opa to finn'n. „Nee", anter Hermann, „Oma un Opa sünd hüüt bi Unkel Willem to Geburtsdag."
Mudder neih still wieter, aver anschien'd harr Hermann noch wat up 'n Harten, un nu keem dat ok: „Hebbt uns Katten Hochtiet hatt?", fröög Hermann. „Wo kümmst du darup, Jung?", anter Mudder. „As Tante Drews hier weer, güstern, to 'n Brootansüürn, dar hett se de Deerns fraagt, ob de Katten Hochtiet harrn, un de Grootdeern hett seggt, dat dat so weer. Se harr de ganze Nacht ni slapen", säd Hermann. Mudder wüß' in Ogenblick gar ni, wat se antern sull, aver denn hulp Hermann ehr mit 'n Fraag ut de Klemm. „Mudder, de Katten, wenn se Hochtiet hebbt, föhrt se denn ok mit 'n Wagen to Kirch, so richtig fein, as wenn Opa un Vadder mit de Kutsch wegföhrt, so mit 'n Kutscher up 'n Buck?". „Ja, gewiß doch", anter Mudder, „weer jo Hochtiet". „Harrn se denn ok 'n Kutscher mit 'n swarten Zylinder up!" „Nee", säd Mudder, „de Kutscher weer ganz in Witt. Dat weer jo Tante Drews ehr Prinz. Aver de Kater, de

harr 'n schön'n swarten Frack an, un de Hemdbost lüchte sneewitt an Hals rut."
„Se, de Katt, weer ganz in Witt? Woher weeßt du dat all, Mudder? Büst du mit to Hochtiet west? Hest du ehr sehn?"
„Nee", säd Mudder, „ik heff ehr ni sehn. Aver dien Vadder, de hett ehr in't Gausredder drapen. Se weern in'n Graven föhrt, un he hett ehr wedder ruthulpen."
„Wo kann denn dat angahn, dat Prinz Drews de Hochtietskutsch in'n Graven föhrt?", fröög Hermann. „Ja, denk di mal", säd Mudder, „Albert Becker keem mit en vull Föhr Röven vun Koppelkamp her, un de Trad'n sünd in't Gausredder jo se deep, dat he ni an de Siet föhrn kunn. So rutsch denn de Hochtietskutsch in'n Graven." „Wat harrn se denn för Fuhrwark?" wull Hermann nu weten. „Se harrn Ernst Kahl sien'n lütt'n gelen Wagen lehnt un 'n paar Löperswien as Peer darvör spannt", vertellt Mudder em. „Witte or swartbunte?" fröög Hermann. „Witte natürli", säd Mudder, „weer jo doch Hochtiet."
„Du, Mamma", säd Hermann, „weer Schauster Bülk sien'n Molli ok mit up de Hochtiet? Güstern namöddag, even bevör Albert mit den Rövenwagen up 'n Hoff to föhrn keem, dar keem Molli Bülk ganz schietig ut Gausredder!" „Ja", anter Mudder, „he un Kahl sien'n Jonny weern jo Trootügen."
Hermann wull noch veel mehr fragen, ok dat, wat he al lang wüß, aver noch geern mal vun Mudder hör'n wull. Vun de Huusdeel her weer nu 'n fasten Schritt to höörn. Vadder keem in de Stuuv rin un möök Licht an. He sett sik in't Sofa un fung in sien Taschenbauk an to reken. Denn keek he up un säd: „Na ji beiden, hebbt ji 'n Klöönsnack in't Schummern hol'n?" Denn straak he Hermann över't Haar un säd: „Mien lütt'n Jung, wenn du groot büst, denn denk männichmal an düssen Klöönsnack un ok daran, wat dien Mudder di sünst noch vertellt hett!"

Vadder un Mudder sünd nu al lang doot, aver Hermann hett ehr ni vergeten. He denkt noch jümmers daran, wat se em vertellt hebbt, un gifft dat wieter an sien egen Enkelkinner.

Don Juan

Dat gifft Lüüd, de hebbt 'n Ökelnaam, un se argert sik daröber ehr Leven lang. Mit Janhinnerk weer dat anners. Em güng sien Ökelnaam vörup as 'n König sien Standart. Em nöm'n se den „Don Juan vun Thingsbüll", un darmit harrn de Lüüd ni Unrecht. Dat geev keen'n Wieverrock, achter den he ni her weer, un dar güng keen Deern tau in't Dörp, wo he ni eerstmal mit los müß.
Ja, he weer 'n Kerrl, so meen he sülvst vun sik un smeet sik in de Bost. De Deern, so meen he, de em wedderstahn dee, de sull noch eerst gebor'n ward'n. Darbi weer he ansünsten 'n ganz gauden Jung. Wenn he sik avends in Schale smeten harr, denn keek he jedesmal bi sien Mudder in, üm ehr Gaud Nacht to segg'n, ehr he na 'n nees Opfer utkieken dee.
Sünnavend weer nu de grote Füürwehrmaskerad in Dörp, wovun sik Janhinnerk allerhand verspröök. He wüßt blots noch ni, as wat he gahn sull. Aver amenn harr Mudder 'n Vörslag? As he aver hüüt bi Mudder in de Dör rinkeem, verjaag he sik meist. Mudder weer ni alleen. De ool Mudder Borwig seet bi ehr, un vör de harr Janhinnerk-Don Juan jümmers so 'n heemlich' Grugel. De Ollsch weer al fiefunsöventig Jahr oolt, aver flink as 'n Wissel. Wenn de Haar ok al witt weern, so harr se doch noch de Figur vun 'n Achteinjöhrige. Vör all'n aver de Ogen, de lüchten as 'n paar Steerns, un wenn se Janhinnerk darmit ankieken dee, denn

slöög he, den all de Deernsharten so taufall'n deen, de Ogen dal. Aver wi geseggt, se weer al fiefunsöventig Jahr oolt. Anschien'n harrn de beiden Froons ok vun de Maskerad snackt, un Mudder Borwig vertell jüst, dat Hedwig, de Deern, de bi ehr inwahn'n dee, den ganzen Dag ünnerwegns weer, dat se all de Fronslüüd in Dörp Locken dreih'n dee. „Na Janhinnerk", säd Mudder Borwig nu, „as wat wullt du denn to Maskerad?" „Mi dünkt, du sullst man as Don Juan gahn", meen se, un ehr Ogen blinkern, as weer se Uhlenspegel sülvst. Darup anter Janhinnerk ni, aver he dacht bi sik, dat de Vörslag vun de Ollsch garni so uneven weer.

He sett sik den annern Dag in't Auto un föhr nach Tellingstedt. Tatsächli' kreeg he ok 'n „Don Juan"-Kostüm, un as de grote Dag dar weer, smeet he sik in de Bost un leet de Ogen ümher gahn na de smückste Deern. Dar weer de lütt Rokokodaam, de so graziös över'n Saal stolzeerte. Dar müßt he ran. Un he harr weddermal Glück. De Daam leet sik mit em in. De tollst'n Leevesschwüre suster he ehr in't Ohr.

Aver dat weer merkwürdig. Jedesmal, wenn he glööv, dat he 'n Schritt bi ehr vöran kam'n weer, denn güng se wedder twee Schritt trüch. Wenn he aver al upgeven wull, denn keem se em wedder 'n Schritt entgegen. Se speel so richtig Katt un Muus mit em, mit em, den groten „Don Juan". So bi lütten keem he up Wittglaut. Endli' keem de letzte Walzer vör de Demaskeerung un Gotteswunner, de lütt Rokokodaam leeg fast in sien Arm. Gliek würd he ehr 'n Söten up den roden Mund drücken. As se aver de Maske avnehm, würd sien Gesicht länger un länger un he sülvst lütter un lütter. Toletzt keem doch noch 'n Satz vun sien Lippen: „Mudder Borwig!!!"

De Fastlavendexpidischon

As ik noch 'n lütt'n Jung weer, dar wüßt bi uns up 'n Dörp 'n keen Minsch veel vun Rosenmaandag un Karneval. Wo süll'n se ok, denn Fernseh'n geev dat noch ni, un ok de Radios weern man spangwies antodrapen.
Dat heet aver nu wahrhaftig ni, dat vun de Dag, den se annerwerts Rosenmaandag nöm'n doot, bi uns nix vun maakt würd. Bi uns hees dat Fastlavendmaandag, un denn geev dat Heetweken, Heetweken satt för alle Mann. De Bäckers, de sünst een- or tweemal de Wuch mit ehrn Wagen över de Dörper föhrn un Broot verköf'ten, schickten nu Lüüd mit Kiep'n över Land. De Brootwagens versorgten de Kiep'n-lüüd mit Naschub, un de Bäckers möken dat Geschäft.
Karl Knickrehm, de sien Bäckerie in uns Dörp harr, back ok Heetweken, aver dat Geschäft möök he ni. Wer sull bi em ok Heetweken köpen, wenn de anner Bäckers free Huus levern deen? Wenn de een or de anner ut de Naverschop 'n paar mitnehm'n dee, wat bröch dat al. Jeden Jahr, den Dag na Fastlavendmaandag, kregen Karl Knickrehm sien Swien satt Heetweken to freten, aver betahl'n deen de nix.
Wat nu Karl Knickrehm sien Fro weer, Bertha Knickrehm, de harr eenes Daags 'n Idee. „Wenn de anner Bäckers free Huus levern doot", säd se to ehrn Karl, „worüm wi ni ok?" Se besorg sik 'n Kiep un leet sik vun ehrn Karl de vull Heetweken packen. Denn güng se los, up Fastlavendexpidischon. Aver wo sull se anfang'n? As se up de Dörpstraat keem, güng'n de Kiepenlüüd vun de annern Bäckers al vun Huus to Huus.
„Ik kaam to laat", dacht Bertha, „aver tööv, ik weet! Ik gah toerst na't Kukucksmoor un na de Kleverkaat. De Lüüd dor, de wohnt so alleen in de Wildnis; de ward sik bannig freun, wenn ik mit Heetwecken kaam. Dor ist sach noch keen een vun de annern Bäckers west. Amennig kümmt dor sünst

nüms." Dat Dumme weer jo man blots, dat Kukucksmoor, so hees 'n Ko'nist'nstell buten Dörp, un de Kleverkaat würkli' recht alleen legen, un Bertha, de sünst kuum ut Dörp rut keem, man blots ungefähr wüßt, wonem de legen. Aver liekers, se rück ehr Kiep trech un stevel los, jümmers den depen Feldweg na, vun den se meen, dat dat de richtige Weg na't Kukucksmoor un de Kleverkaat weer. Aver de Weg nöhm keen End, un de Haulöcker würd'n jümmers gröter un deper. Bertha lööp dat Water man jümmers so in de Schauh rin, un ok de Klederrock würd al natt. To all'n Överfluß würd dat nu ok noch reg'n, aver daför möök de Weg nu 'n Bucht. Darachter müß de Kleverkaat ligg'n un denn weer dat ok ni mehr wiet bit na't Kukucksmoor. As Bertha üm de Eck böög, leeg dat wiede, wille Grootmoor vör ehr, blot linkerhand weer noch 'n Wiesch. Dor löpen över hunnert Schaap.

Bertha smeet ehr Kiep dal un sett sik an Knick. Wat nu würd, weer ehr all egal. De Schaap keem'n neeschieri an; bölken un snuppern an Bertha ehr Kiep.

Scheeper Tießen haar hüüt to Buckauschon na N'münster müß'. Darüm harr he Hannes Kassen beden, up sien Schaap to passen. Hannes weer sünst gar ni verkehrt, wenn he blots ni so geern een ut ' Buddel möch' harr. He harr sik för de hütigen Dag ok gaud versorgt, un Scheeper Tießen harr em hüütmorgen ok noch 'n Literbuddel geven. As Bertha nu mit ehr Heetweken ankeem, weer he wull al 'n bet'n wackeli' up de Been, aver sünst noch gaud in de Wehr.

„Nett dat du mi ok 'n paar Heetweken bring'n deist, Bertha", säd he, as he vör Bertha ehr Elend stünn. „Aver", säd he wieter, „nimm man erstmal 'n Sluck, dat du mi ni verklamen deist." Darmit geev he Bertha den Literbuddel hin. Dat weer heel leeg, dat Bertha ohn lütt Mundfull Broot un 'n Sluck Kaffee vun de Kaat kam'n weer. Sünst harr se den Snaps beter verdregen kunnt.

As Scheeper Tießen üm de Eck to föhren keem, he harr sik 'n Schaapsbuck köfft, dar wunner he sik, dat sien Schaap all up een Dutt an 'n Knick stünn. Dor huck'n Bertha un Hannes, beid' stief duun, un slöpen. De Schaap harrn Bertha ehr Kiep ümstööt un freten de Heetweken up. Man gaud, dat Scheeper Tießen 'n Wagen mitharr. Wo harr he sünst Bertha mit ehrn Fastlavendbrand tohuus kregen sullt?

De Lumpenball

Bertha Kauhbrook schööv den Kohlbudding in Backaven un stell ok den Bottermelksries dartau. Wo Gustav wull afbleev hüüt? Sünst keem ehr Mann jümmers rechtietig to Disch, un de beiden Döchter leten up sik töven. Hüüt weern de beiden de eersten. Dat heet, rechtli weer blots Hertha dor. As Lisa den Kohlbudding sehn harr, weer se fortsen ümdreiht. Bertha harr noch achteranropen: „Deern, so tööv doch. Laat di wenstens de Jeans heelmaken un Knööp an de Jack neihn." Aver se höör al ni mehr. Seker weer se na McDonald lopen un eet dor nu 'n Hamborger. Ihgittegitt! Aver wat sull en mit so 'n Deern maken? Dor weer Hertha doch anners.

Bertha ünnerbröök ehr Gruveln, denn ehr Mann keem den Gaarnstieg lang, un se sett dat Eten up 'n Disch. As Gustav in de Döör rinkeem, smeet he sik ordi' in de Bost. „Deern", säd he to sien Fro, „sühst du mi hüüt denn gar nix an?" „Ja", meen Bertha, „du büst ni an Georg Behrends sien Kroog vörbikam'n un hest eerst mal en nahmen." „Dat weniger", säd Gustav, „aver ik bün in de Conoria upnahm'n worden, un weest du, wat dat bedüüt? Annern Sünnavend gaht wie beiden to dat Kappenfest, dat de Conoria geven deit. Lisa ward jo ni wüll'n, aver du, Hertha, büst ok inladen", wenn he sik nu an sien Dochter. „Dank ok Vadder", säd Hertha,

„aver ik heff al 'n Inladung". Nu keem Mudder ok wedder to Wort. „Mann, Vadder", säd se, „denn bruuk ik aver notwendig 'n nee Kleed, un na 'n Friseur mutt ik ok hin". Sünst harr Gustav wull noch veel meckert, aver hüüt trock he stillsviegend de Breeftasch un geev sien Fro dusend Mark. „Dar is aver allens in", säd he, un darmit weer de Saak för em afdaan.

Nu kreeg Bertha dat hild. Erstmal na de Sniedersch hin. Dat würd jo doch Tiet. Aver Sünnavendmorgen hung dat nee Kleed bi Bertha an Klederschapp, un se un ehr Dochter bewunnern dat. Ok Fro Brehmer vun bian würd röverhaalt, üm ehr Urdeel aftogeven. Mit 'n afgünstigen Blick, as Bertha meen. Blots Lisa kümmer sik üm nix. „Wat 'n Deern blots", säd nu ok de Naversch. „Slööt Dag för Dag in tweie Jeans un terretne Jacken rüm. De reine Lumpenkönigin."
Nu weer höchste Tiet, dat Bertha na 'n Friseur keem.
Dat weer al laat, as se in vulle Lockenpracht wedder an de Kaat keem. Dat Hertha ok al weg weer! Wo sull se blots dat Kleed över'n Kopp kregen? Denn müß Gustav ehr hölpen. Aver wo weer dat Kleed? An't Klederschapp hung dat ni mehr, un in't Schapp weer dat ok ni. Bertha dacht an de Naversch ehrn afgünstig' Blick, aver nee, de weer doch veel to dick, un sünst harr se blots Jungs. Hertha? Gustav schüttel den Kopp: „Hertha harr dat blau Kleed an, wat se vun uns to Wiehnachten kregen hett." Dat Kleed weer weg. Bertha sett sik hin un ween. Dar strakel Gustav ehr de Bakken un meen, se schull man dat anner Kleed antrecken, dat se bither blots to de Swiensgill anhatt harr. Se dee dat, aver veel Spaaß harr se ni up dat Fest. Se weer ümmer in Angst, dat en vun de Swiensgill dar weer.

Denn annern Morgen weer dat Kleed noch ümmer ni dar. As de beiden noch in de Stuuv stünn'n un dat mit Hertha besnacken, keem Lisa in de Döör in ehr Mudder ehr nee sieden Kleed. De annern dree keken sik blots an. Lisa aber reet dat Kleed vun Liev un smeet dat in de Eck. „Ach Mudder", säd se, „ik sull to Lumpenball un harr ni recht wat dartau an. Dar heff ik düssen Lappen nahm'n. Ik denk, du hest em missen kunnt."

Piepsmöken

Piepsmöken weer gesund, meen de ool Dokter Keßner un tell mi all de Lüüd up, de ehr Leven lang Piep smöökt harrn un darbi steenoolt worden weern. „De Keerl hett recht", säd mien Unkel Hannis. „Smöök man achtig Jahr Piep; sallst sehn, wo oolt du warst." De Dokter aver, so glöövik, wull mi dat Zigarettensmöken vergell'n, un darmit harr he recht, denn dat mag wull noch leger sien as dat Piepsmöken, aver gesund is dat jüst ok ni.
Wat nu so 'n richtig'n Piepsmöker is, för denn is dat Smök'n 'n Art Zermonie, jüst as de Indianers, wenn de jem Kalumet ümgahn laat. So'n Lüüd hebbt ok ni bloots een Piep. Oh jo ni! De hebbt een för de graden un een för de ungraden Daag, een för Sünndaags un een för anner Festdaag un denn ok noch een för ganz besonnere Daag. Ja, dat kümmt anners as bit den ol'n Muurmann Harder. De smöök ok de Piep, aver he harr man een, de he aver denn ganzen Dag ni utgahn leet. Wieldat he avers ok sien Arbeit ni in Stich lett, so drüppel de Piepensaft jümmers so 'n bet'n vör em hin. „Darüm hett den Naver sien Honni'" – denn Imm'n harr he ok – „jümmers so 'n aparta'n Gesmack", pleeg mien Hannisunkel mit mank.
Wat Albert Becker weer, de Grootknecht up 'n Brinkenhoff, de smöök ok de Piep. Ni aver ut Passion, or dat irgentwat 'n aparta'n Gesmack geven wull, nee, rein ut Spaarsamkeit, denn 'n Paket Olanda kost datomal man fief Grusch'n.

So stünn he denn tein Daag vör Ostern in de groot Bun'-holtswiesch, den Knösel mank de Tähn, un weer darbi, de Gravens intofriedigen, dat dat Veehwark de nastens ni taupedden dee. De Brinkbuur harr em sien öllst'n Söhn to Hölp geven, denn he meen, dat dat so 'n veerteinjährigen Bengel in sien Osterferien gaud anstahn dee, up de Hauf mit Hand antolegg'n. Gerd güng de Arbeit ok gaud vun de Hand. Dat möök em Spaß, un he kunn dat ok jo al meist jüst so gaud as de Grootknecht, jedenfalls so lang de Bodd'n in de Wiesch week weer un de Dann'nstaken lang keen Ekenpöhl weern.

Aver wenn he nu so för Keerl in de Wiesch stünn, den ganzen Dag, denn müß he ok jo doch Piep smök'n, jüst as Albert Becker dat dee. Dat hörst sik doch wull so. In dat böverste Schuuf vun Grootvadder sien Sekretär, wo allerlei Krammstück'n upheegt würd, funn he ok bald 'n oll Stück vun Piep. Man schaad, dat dat Mundstück afbraken weer, aver vun dröög Kalverkruut kunn een sik jo licht 'n nee snieden. Tabak funn sik in Vadder sien Kasten, un wenn dat ok „Swarten Krusen" weer, wat schaad dat, qualm'n dee he jo üm so düller.

So rökern se den ganzen Vörmiddag gegen enanner up, Albert Becker un sien Maat Gerd, bit dat de Sünn liek övert Doosenmoor stünn un dat Tiet würd, tö Möddag to gahn. De Grootknecht nöhm sien Joop över de Schuller un güng hoffwarts. Darbi hung em de Piep gliekgültig mank de Tähn, wat en aver vun Gerd ni mehr behaupt'n kunn. Em würd dat al bannig suur, as erfahr'n Smöker uttosehn, un am leevsten harr he de Piep mitsamt den „Swarten Krusen" in'n Knick smeten. So kem' de beid'n Tabaksbröder denn an den Hoffstell, un Gerd steek sien'n Knösel gau in de Büxentasch.

Dat geev „Korten Kohl" mit Fleeschklümp, wat sünst Gerd sien Lievgericht weer. Hüüt aver nödel he in sien'n Teller

rüm, as weer he dar buten in de Wiesch so garni recht hungeri' worden. Wieldes harrn de annern al afeten, un de Mannslüüd steken sik de Piepen an. Dat weer aver to veel för Gerd. As de Tabaksqualm em in de Nees trock, sprung he up un renn na buten. Mudder harr al lang 'n Oog up ehrn Söhn hatt un güng em na. Dar leeg he in Knee'n in de Waschköök vör den Utguß. He weer krietenwitt, un all dat schöne Eten füll em ut Gesicht. Mudder lang em in de Büxentasch un haal den Knösel darut. „Aha", säd se bloots un höl Gerd den Kopp fast, dat he ni in sien Elend darmit upslagen dee.

„Mudder", fröög Gerd, as he sik 'n beten verhoolt harr, aver noch bleek noog in't Gesicht weer, „kann ik mi ni to Bett legg'n?" „Nix dar", anter Mudder, „wer meent, he kann smök'n as 'n Keerl, de kann ok arbeit'n as 'n Keerl." So müß he denn wedder mit na de Wiesch dal, un jedesmal, wenn Albert sien Knösel em to neeg keem, kreeg he dat Wörgen. He hett denn na düssen een för alle mal vun dat Smöken afsehn, un später hett he denn ok markt, dat Piepsmöken noch lang keen Keerl utmaken deit. „Ik heff datomal een för allemal genoog kregen", pleegt he to segg'n, wenn anner Lüüd sik de Piep ansteken daut, un geiht na buten, denn den Tabaksqualm kann he noch ümmer ni verdregen.

De Fröhjahrsdiät

Dat kunn würkli' keen Minsch afstried'n, ok Guste sülvst ni. Se weer ganz eenfach to dick. Dokter Hering, wat Guste ehrn vörmaligen Huusarzt weer, de harr ehr ok al mal gehörig de Leviten leest. Daruphin weer se na Dokter Levemann överwesselt. De säd ehr nix, aver liekers, ehr Dickigkeit würd ehr doch langsam to Last. Eenes Morgens schalt se

Welle Nord in un sett sik ganz kommod in ehrn Sessel. Dat geev den „Treffpunkt", un denn leet Guste ni geern ut, besonners mittwuchs ni, wenn wat Plattdüütsch vertellt ward. Aver vundaag geev dat garkeen Geschich. Daför vertell dar'n junge Daam wat över Slankheitskur'n un Avspeck'n, wat övert Fröhjahr unbedingt nödig sien sull. So 'n jung'n Keerl geev ok noch sien'n Semp dartau. Fröhjahrsdiät nömen se dat Ganze. Nu aver keem Guste in den Gang. Dat weer doch wat för ehr. Möhsam rappel se sik ünner Japsen un Stöhnen vun ehrn Sessel in de Hööch' un besorg sik Bleestift un Papier. Denn schreev se sik allens up, wat de Daam un de Keerl säd'n.
Dar harrn de Rundfunklüüd jo mal wat Fein's utfündig maakt. Wat se dar morgens, möddaags un abends nehmen sull, dat weer jo ok noch ganz licht to besorgen. Darüm bruuk se gar ni üm na 'n Apteiker or gar extra na Rendsborg, woneem de Reformhüüs weern. Dat harr Butkus all in sien Delikatessenschapp. Noch den sülvigen Dag stevel se los un köff allens in, wat se up den Zettel harr, un al foorts'n den annern Dag fung se an mit ehr Fröhjahrsdiät. As se sik de Saken nu richti' ankeek, överlegg se sik, ob se de Diät nu wull vör 't Eten or na dem nehmen sull. Darvun harr'n se in Radio gar nix seggt. Toletz' meen se, dat dat amenn gar ni so gaud smeck'n kunn. Wenn se dat denn vör't Eten nehm dee, denn harr se dat achter sik.
So nehm denn Guste truu un braav ehr Fröhjahrsdiät, viertein Daag lang. Den föffteinsten Dag stell se sik denn up ehr Gewicht, üm to sehn, wat de Saak bröcht harr. Aver wat weer dat? Se harr keen Gramm afnahm'n. In Gegendeel, se harr in de letz' veertein Daag tein Pund taunahm'n. Dat güng doch ni mit rechten Dingen tau. Se haal ehrn Zettel rut un vergleek noch mal mit dat, wat se inköfft harr. Nee, dat weer all'ns richtig. Ganz ünner up den Zettel, dar harr Guste de Telefonnummer upschreven, wo en anropen sull,

de mit de Diät ni klaarkeem. So en Fall weer se, Guste, doch ok.

Se greep na dat Telefon un reep den Norddüütschen Rundfunk an. „Hier ist Gust Laukamp aus Büdelsdorf", mell se sik, as se Ansluß kregen harr. „Ich wollte Sie man sagen, daß Ihre Frühjahrsdiät bei mich gar nicht angeslagen hat. Dabei smeckt das ganz Zeug im großen un ganzen bannig scheußlich." Denn würd ehr dat Hochdüütschsnacken to suur, un se full in ehr plattdüütsche Mudderspraak: „Ik heff dat verdreiht Tüüg bloots rünnerkregen, wiel dat ik dat vör't Eten nahmen heff. So kunn ik mi na de Tortur mit wat Gaudes belöven, so morgens mit veer Rundstück mit Mettwust or Honni' un möddags mit 'n deegten Teller Arfensupp. Avends nöhm ik den jümmers 'n halv Dutz'n Spiegeleier mit Braatkartüffeln. Sünst güng dat gar ni." An'n anner End vun de Leitung weer nix to hör'n. Anschienend weer ehr dor de Spraak wegbleven. Darüb legg Guste den Hörer up un sett sik in ehrn Sessel to grüveln. Anschien'nd weer de Fröhjahrsdiät nix för ehr. Darna nöhm se jo ni af, dar na würd se jo ümmer dicker.

Osterwater

Chrischan weer mit 'n mal hellwaak. De Vullmaand schien hell to 'n Finster rin, Osternacht! Un nu wüß he ok, warüm he waken worrn weer. Vun de liesen Treed vör sien Stuvendöör sach ni, aver nu knarr de Trepp ganz infaam. Jüst as wenn en besonners liesen sien will un dat Huus wak'n maakt. Dat kunn bloots Gret'n sien, wat Chrischan sien lütt Swester weer. Aver wat wull Gret'n denn al so fröh? Wull se amenn den Osterhaas upluurn?

Na 'n lütt'n Stoot güng de Huusdöör, un Chrischan seh ut Finster sien Swester den Gaarnstieg dalgahn na de Straat tau, den Hund an de Lien mit sik. Wull Gret'n amenn den Osterhaas entgegengahn, or weer se maandsüchtig worrn? Chrischan harr aver noch ninich höört, dat 'n Maandsüchtigen 'n Hund an de Lien mitnöhm. Annersiets müß Gret'n doch ok denken, dat de Osterhaas vör den groten Collie bang warrn kunn. Wat sull Chrischan maken? Sien'n Vadder wecken? Nee, lever ni. De harr güstern Avend noch ganz laat arbeit. Am besten, he sleek sik sülven achter an. Gret'n weer ni maandsüchtig un dach' ok ni an 'n Osterhase'n. Se harr ganz anner Sorgen, un de hüngen mit dat Piggerspel'n tohopen. Ehr Broder, sien Fründ Jürn un noch twee anner Jungs harrn güstern den ganzen Dag Pigger speelt. Se harr mit ehrn Marmelbütel darbistahn un bannig gern mitspel'n wullt, aver de Jungs leten ehr ni. De Emanzipatschon weer anschien'nd noch ni bit to 'n Piggerspel'n vördrung'n. Dar weer Gret'n ringahn un harr sik in de Wahnstuuv an Kamin sett. In de Wahnstuuv seet Mudder un klöön mit 'n paar Naversch'ns.

Taufällig snacken se ok jüst över de Emanzipatschon, un Tante Köster meen, dat se mehr vun de ole Aart, an de Macht to kam'n, hööl. „Up 'n smucke Deern", so säd se, „sünd bither noch all de Mannslüüd rinfull'n, un dat ward ok so blieven. „Denn will ik man hüütnacht dat Osterwater nütten", meen Britta vun bian, „denn morgen is jo Ostern". Darbi grifflachte se. Tante Köster lachte ok un säd: „Ja Britta, denn muß du morgen hingahn, ehr de Sünn upgeiht, un gegen den Strom Water ut de Au nehm'n. Darmit wascht du di dat Gesicht. Du kannst ok 'n Buddel vull mit to Huus nehmen un jeden Morgen darvun 'n Sluck up nüchtern Magen nehm'n." Denn lach'n de Froonslüüd un snacken över Kaukenbacken.

Gret'n harr genoog höört. Dat weer de Lösung. Morgen fröh wull se dal na de Au un allens so maken, as Tante Köster seggt harr. Wenn se denn nasten ganz smuck weer, denn leten ehr de Jungs sach mit Pigger spel'n.

As se den annern Morgen loswull, weer dat noch recht düster, un de lütt Deern weer bang. Dar lick de Hund ehr an de Hand, as wenn he segg'n wull: „Wenn du utgahn wullt, denn nimm mi man mit. Denn du weeßt jo, ik bün jümmers praat." Dar nöhm se den Hund an de Lien, un de beiden steveln los dörch dat düster Holt na de Au hin. Dar kann en nu sehn, wat 'n Deern all deit, wenn se smücker warrn will.

An de Au legg Gret'n sik in de Knee un wull erst ehrn Bruusbuttel vullmaken. Nastens wull se sik ok waschen. Den Hund hööl se darbi fast an de Lien, denn bang weer se „gar ni". Dar seh de Hund 'n Hasen un wull achteran. Darbi full de Deern koppheister in de Au.

To 'n Glücken weer ehr Chrischanbroder ehr nasleken un haal nu sien lütt Svester ut den Moor rut. „Wat wuß du denn blots an de Au?" fröög Vadder, as de Kinner wedder tohuus weern. „Ik wull doch vun dat Osterwater smücker warrn, dat de Jungs mit mi Pigger spel'n daut", säd Gret'n ganz benaut. „Ja, smuck büst du ok jo würkli worden", meen Vadder un keek sien Dochter an, de vun baven bit ünner swart vun Moor weer. Darbi grifflachte he. „Aver mien Deern", säd he denn, „wat ni is, kann jo noch ward'n, un dat glööv ik wiß, denn du büst jo mien Deern."

Ob de Osterhaas dat ok all slepen kann?

De Sneeregen klötert gegen de Finsterschieven, aver hier binn'n in de Köök weer dat schöön warm un molli'. In de

Tassen damp Kaffee un Kakao, un Oma un Opa un de beiden Jungs, Gerd un Jan-Peter, leten sik de Rundstück gaud smecken. Dat heet, Opa weer dar al mit fertig. He harr aver noch 'n vulle Kaffeetass vör sik stahn un keek na buten. „Dat is jo grusiges Wedder hüüt, un dat dree Wuchen vör Ostern. Ik wull hüüt ok ni in Willem Dankert sien Stell sien." Willem Dankert, dat weer de Breefdräger, den Opa jüst mank de Hüser dörchgahn sehn harr. „Gerd, mien Jung", säd Opa wieter, „kunnst mi mal de Post ruphal'n." Dat leet Gerd sik ni tweemal segg'n, un dat duur ok ni lang, dar pack he 'n paar Breeve un Drucksaken vör Opa up 'n Disch. Opa bekeek de Drucksaken kort un legg ok den ersten Breef bi Siet. As he aver den tweten Breef in de Hand harr, keek he up un säd: „Hört mal tau, Jungs, dar hett mi doch hüüt de Osterhaas schreven. He meent, dat wenn he för ju in Stockelsdörp Ostereier versteken deit, dat dat dusendnoog is. Mehr künnt ji gar ni verdrägen. He meent darüm, dat he hier bi uns ju wat anners bring'n will. Ik sall ju mal fragen, wat ji ju wünschen daut."
Wat nu Gerd weer, de glööv al lang ni mehr an Osterhasen. He wüß ok, dat de Breef, den Opa in de Hand harr, vun Unkel Ernst weer, de Opa un Oma to Geburtsdag inladen wull, un ni vun 'n Osterhasen. He wüß aver, wodennig de Haas leep un säd darüm, dat he sik för sien Atarigerät 'n nee Kassett wünschen dee. Dat sull Opa den Osterhaas man seeg'n. Denn güng he na de Wahnstuuv, wo jüst in Fernsehn de Film anfung, den Gerd avsolut sehn wull.
Jan-Peter avers, de Lütt, leet Rundstück Rundstück sien un sparr erstan Ogen un Mund open. Wat dat? Nu fröög de Osterhaas ok al na 'n Wunschzettel. Ja, un denn de Osterhaas, de wüß je doch ganz gewiß ni soveel vun all dat, wat de Jungs so in Loop vun dat Jahr an Undöög anstellt harrn, as to 'n Biespill de Wiehnachtsmann, de jo överall Ogen un Ohrn harr. Den kunn en doch wiß allens uphaken, wat en

sik so wünschen dee. De verstunn doch seker ni veel anners wat vun, as vun Ostereier.

As Jan-Peter so wiet mit sien Överlegg'n kam'n weer, möök he den Mund erstan mal wedder tau, un denn fröög he Opa, wat he ni 'n Zettel bi de Hand harr, woneem he utschrieven kunn, wat Jan-Peter sik vun 'n Osterhasen wünschen dee. Un as Opa dat nu parat harr, güng dat los. Dar wünsch he sik erstmal 'n Fahrrad mit Gangschaltung, jüst so en, as sien Broder harr, denn 'n Kaspertheater mit veertein Poppen darbi, en fernlenkbares Auto mit veeruntwindig Batterien, de Ritterborg mit twölv Ritters, en Westernfort mit US-Kavallerie un dennoch 'n Windmöhl. Denn stünn he vun 'n Fröhstücksdisch up un güng an't Finster, üm ungestört natodinken, ob he ni noch wat vergeten harr. Buten hechel de ool dick Rissman-Dackel achter de Kaninken ran, de aver flinker mank de Büsch verswunn'n weern, as he kieken kunn.

Jan-Peter weer still worden un keek ganz verloorn na buten, so dat Opa säd: „Jan-Peter, mien Jung, wat is di? Du warst uns doch wull ni deepsinnig?" „Opa", meen Jan-Peter, „dat wat ik mi wünscht heff, ob de Osterhaas dat all slepen kann?"

Janpeter in Nöten

Ja, so weer dat tatsächli', Janpeter weer in Not. Annern Sünndag, so würd dat överall seggt, denn weer Mudderdag. In Fernsehn säd'n se dat ok al jümmers. Dar würd ok seggt, wat en all sien leev Mudder to ehrn Ehr'ndag bescheern kunn. Gegen Verstoppen priesen se wat an un gegen Dörchfall. Aver noch veel mehr, wat gegen Krankheiten gaud sien sull, vun de Janpeter afsolut kene Ahnung harr. He weer ok jo vergang'n Wuch erst söß Jahr oolt worden.

Aver liekers, he wull sien leev Mudder doch ok wat schinken. Aver wat dar so in Fernsehen anpriest würd, wo sull he dat vun betahl'n, un wer weet, ob Mudder dat ok jüst bruken kunn. Wat Janpeter sien Fründ Friedrich-Franz weer, de harr sien Mudder letz Jahr 'n Schachtel Frostsalv schinkt, un de harr se gar ni bruken kunnt. Wo sull se ok Anfang Mai darmit? Friedrich-Franz harr dat ok blots daan, wiel ool Mudder Meier de Frostsalv in Müll smeten harr. So sull em, Janpeter, dat ni gahn, un darüm weer he in Not. Letz Jahr harrn se in Kinnergaarn all wat för jemme Mudder maakt, un Janpeter harr sien Mudder en wunnerschönes Huus maalt un smucke bunte Blaum'n darvör. Mudder harr denn ok so daan, as wenn se sik bannig freun dee un dat Bild in de Eltstuuv an Wand hung'n. As se denn aver acht Daag later Damenbesöök hatt harr, weer dat Bild in Keller kam'n, un dar weer dat hüüt noch.

He wull darüm düt Jahr ok ni wedder künstlerisch täti' warrn. Dat geev even gar keen anner Möglichkeit, he müß sien Mudder wat köpen, aver wat? In dat Schaufinster vun Koopmann Solterbek stünn so 'n schön'n Pralinschachtel mit dree lütte Negers up, un de Koopmann harr noch 'n lütten Zettel ünner dat Glaspapier schaven. Janpeter sien groten Broder Gerd müß em vörlesen, wat darup stünn. „Dem lieben, treuen Mütterlein" stünn dar, un darüm meen Janpeter, dat dat ok wat för sien Mudder wesen müß. De Saak harr aver en Haken. De Kasten sull fief Mark un söstig kosten, un wo sull he dar bi kam'n? Allerdings kreeg he vun sien sößten Geburtsdag her jede Wuch dree Mark Taschengeld. Aver wo sull he bi all sien Utgaven för Lakritzen, Kaugummi, Ies, un wat sünst noch weer, Geld överbehol'n för Geschenke? Sieh, un darüm leet em dat ok Dag un Nacht kene Rauh. Gedankenverloorn stünn he vör sien Kaninkenkastens un schööv de Kaninken Wutteln un Hunn'nkruut hin. De Jung'n vun sien „Blaue-Wiener-Sipp-Dora" weern

jo all ganz schön dännig worden. Wo weer dat, wenn he Mudder en vun de Jung'n schenken de? Aver nee, dat güng jo ni. Mudder kunn den jo ni in de Slaapstuuv hebb'n un sünst...
Gröönhöker Klappsteen keem den Gaarnstieg lang, jüst up de Kaninkenkasten tau. „Na Janpeter", säd he, „wat maakt de Kaninken? Wullt mi ni veer darvun verköpen?" „Kreeg ik dar den Pralinkasten mit de dree Negers för?" fröög Janpeter dargegen. „Dar kriggst du sogar dree so 'n Kasten för", meen Klappsteen. Weni' later keem Janpeter bi Solterbek in Laden. „Dree Pralinekastens mit Negers up", säd he un smeet sien Sülverstücken up 'n Disch, dat dat klötern dee. „Aver up twee darvun mutt stahn ‚Meiner lieben Oma', denn mien beiden Omas will ik ok wat schinken."

Söß Rundstück – wi verstaht doch Plattdüütsch!

Dar stünn ik nu in Bäckerladen un wull mi 'n half Dutzend Rundstück hal'n. De Minsch will doch Fröhstück eten, denn wo heet dat noch so schön: Fröhstücken sallst du as 'n König, Möddageten as 'n Börgersmann un Avendbrooteten as 'n Beddelmann. Wat nu uns'n Jochen-Bäcker sien Rundstück sünd, mi dünkt, dar kann ok wull 'n König mit tofreden sien. Dat heet, noch harr ik jem ni, denn de Laden weer proppenvull, un ik müß töven. Aver bi dat Töven, dar kriggt een doch so allerlei mit.
Dar wull mien Naver Meier bannig gern „Kieler Semmeln" hebb'n, aver de Deern achtern Ladendisch versöch, em avsolut Melksemmeln antodreihn. Darbi hett Jochen-Bäkker doch allens praat. Aver de Bäckerdeerns hebbt dat ok männichmal ni licht. Dar weer hüüt 'n Froonsminsch in Laden, de säd jümmers, dat se Tort hebb'n wull, un de Deern sleep ehr allens ran, wat in Laden an Torten weer, aver de

Oolsch säd jümmers nee. Toletz stell sik ruut, dat se man blots 'n paar Gruschenstück'n hebb'n wull. Apropos Gruschen, wat meenst wull, wat du kriggst, wenn du hüüttodaags för 'n Gruschen Gest feddern würst? En apen Mund un verwunnerte Ogen.

„Was möchten Sie bitte", säd de lütt Deern achtern Ladendisch un keek mi an, mit grote blaue Ogen. Ach richtig, ik weer jo an. „Söß Rundstück", säd ik, aver de Deern röög sik ni. Se keek mi wieter an, nu verwunnert, un de roden Lippen güng'n annertalv Zentimeter utneen, so dat twee Regen Tähn to sehn weern. Denn dreih se sik üm un pack mi söß Sneck'n in. „Ne", säd ik, „Snecken will ik ni hebb'n. Ik will Rundstück hebb'n, Rundstück to 'n Fröhstück". Nu kreeg ik „Kieler Semmeln". Kieler Semmeln, de mien Naver so geern hatt harr, un wenn de Meister ni taufällig rin Laden keken un uns Not sehn harr, denn harrn wi wull den ganzen Laden dörchprobeert. Ja, so wiet is dat al, dat sik ni mehr in sien egen Mudderspraak Broot köpen kann.

Aver blangan ist dat ni beter. Dor steiht an Heineslachter sien Slachterlad'n nu „Fleischerei" an. Ob uns Öllern wull weten hebbt, wat för 'n Aart Diert 'n Fleischer is? Un ob de lütten Ladendeerns wull weten daut, dat, wenn se den Feudel utwring'n daut, eerst den Leuwagen hinstell'n mööt? Dat kümmt all vun den verdreihten Keerl ut Braunau her, de datomal bi uns de „Fleischbrühe" inföhrt hett. Vördem drunk jeder braav Bouillon. Aver hüüttodaags wüllt sogar de ol'n braven Monarchen keen Monarchen mehr sien. Se schimpt sik nu „Nichtseßhafte" un snackt hochdüütsch, wenn se an de Eck staht un an ehrn Buddel nuckelt. Ja, vörnehm geiht de Welt togrund'.

„Aver Opa", säd mien Enkeljung, „ik kann doch Plattdüütsch." De junge Daam, de de ganze Tiet vör mi hergahn weer, bleev stahn un keek mi vull an, un ik seh nu, dat se wull noch keen achtein Jahr weer. „Wat meen'n Se wull, wer ehr plattdüütschen Geschichten leest?" „Ja, wenn ji so för Plattdüütsch sünd", anter ik de beiden, „denn bün ik ni bang darüm".

Mien seeli' Emma ehr Gewürz

Eenunveertig Jahr weer de ole Herr mit sien Emma verheirat west, as se denn plötzli' storven weer. „Wat sall nu war'n", säd'n de Kinner, as sik de erste Truur leggt harr. „Vadder harr sik doch so an Mudder gewöhnt. Wo sall he woanners torecht kam'n. He mutt in sien gewohnte Ümgevung blieven", säd de Söhn. „Wi geev em 'n Huusholersch, un ik weet ok al en. Dar is Tine Jansen, de ehr Vadder un Mudder toend bröcht hett. Nu, wo de Ol'n doot sünd, is se ganz ahn Middel, denn de hebbt nix torücklaten. De ward dat geern daun."

Tine würd annahm'n, un se geev sik redli' Möh, den ol'n Herrn tofredentostell'n. Se kaak de best'n Gericht'n un deck up dat Feinste up. Aver wenn de ole Herr sik sett un den ersten Lepelvull eten harr, denn möök he wedder sien truriges Gesicht. Wenn se em denn fragen dee, ob em dat smeckt harr, denn nick he wull mit 'n Kopp, aver wenn he denn upstünn un na sien Herrnstuuv güng, denn schüttel he sien'n Kopp, jüst as wenn he segg'n wull: „Ganz schön un gaud, aver so as bi mien seeli' Emma ist dat ni." Eenes Daags aver fröög Tine driest den olen Herrn, wat den so anners west weer, bi sien seeli' Fro. „Ja mien Deern", säd de ole Herr un keek Tine fründli an, „Ja, mien Deern, dat kannst du ni weten. Aver mien Emma harr so 'n besonners Gewürz, un dat fehlt an dien Eten." Denn güng de ole Herr wedder na sien Stuuv.

Nu forsch Tine överall, wat dat wull för 'n Gewürz sien kunn. Se fröög de Döchter, ehr Fründinn', se wüß'n dat all ni. Se würz mit Thymian, se würz mit Majoran. Se probeer den Koopmann sien ganz Gewürzbord dörch. De ole Herr nick ok höfli', wenn se em fragen dee, aver wenn he weggüng, schüttel he den Kopp. Se söch Delikatessengeschäfte un anner Spezialladens up, aver den olen Herrn kunn se dat ni rechtmaken.

Se fröög em ok, wat se wull mal kaken sull. Mal harr he seggt: „Melkries mit Kaneel un Zucker." Tine haal den besten Ries un besorg extra feinen Kaneel, aver as de Ries up Füür stünn, keem Koopmann Schorlepp in de Döör. De hööl nu Tine in Snack up, un as se em endli' los weer, dar weer de Ries anbrennt. „Ok dat noch", dacht Tine, „wat nu? Frisch kaken?" Dat weer to laat, denn de ole Herr keem al to 'n Eten. Also stell se den anbrennten Ries up 'n Disch un sik sülvst an't Finster. Verdattert keek se na buten. Nu güng de Döör apen, un de Herr keem rin. Tine weer dat meist so, as wenn he snuppern dee. „He rüükt dat al", dacht se. „Nu is all'ns ut. Vörbi mit de schöne Stellung. Vörbi mit de Utsicht up 'n lütte Rente. Ach wat", dacht se wieter, „dreih di driest üm un laat di rutsmieten."

De ole Herr dacht aver ni daran, ehr ruttosmieten. He seet an Disch, lepel sien'n Teller ut, un de Tranen lepen em de Backen hindal. „Deern", säd he, „dat du dat rutfunn'n hest. Mien seeli' Emma ehr Gewürz!" Denn füll he sien'n Teller wedder vull un eet as 'n Schünendöscher. As de Kumm leer weer, keek he Tine so vun de Siet an. „Deern", säd he, „nu heff ik all'ns upeten, mi hett dat to gaud smeckt. Ni wahr, du kaakst di na?" Denn güng he vull frisch'n Levensmaut na sien'n Gaarn.

Tine harr de ganze Tiet baff darseten. Denn legg se den Kopp up 'n Disch un füng luuthals an to lachen. De ole Herr is övrigens noch heel oolt worden, nu, wo he sien seeli' Emma ehr Gewürz wedder kreeg.

De Kompromiß

Dat Unheil weer darmit angahn, dat de lütt Heini Bauhnsack vun sien Vadder un Mudder 'n Tafel un 'n Fibel, vun sien Tante Lene 'n Griffelkasten mit dree Griffel un vun Großmudder 'n Schaulranzel to Geburtsdag kregen harr. Dat heet, de Ranzel weer so nee ni mehr. Den harr Heini sien Vadder al hatt un naher Heini sien öllern Vedder Klaas. Blots 'n nee Namensschild weer dar jümmers ankam'n. Nu stünn dar Heini sien Nam'n an un all säd'n se, dat Heini nu Ostern to Schaul keem. Mudder säd, dat Heini artig sien sull un den Schaulmeister hör'n müß. Unkel Willem, de nahstens noch keem un 'n Broottasch mitbröch, säd, dat dat gar ni so leeg weer, as de annern all säd'n. Un denn geev dat ok jümmers Paus, wo Heini mit all de annern Kinner schön speel'n kunn. Mudder würd em jeden Dag 'n sned'n Botterbrot mitgeven. Dat sull he denn in sien Broottasch steken un in de Paus upeten. As Heini denn glieks na 'n Kaffee noch gau mal na Chrischan, wat Vadder sien Futtermeister weer, na 'n Kauhstall leep un den fröög, wo em dat in Schaul gahn harr, vertell de, dat he meist jeden Dag Schacht kregen harr. Dat weer jo nu 'n lege Saak för Heini, un he harr över Jahr gar keen richtigen Spaß an sien Geburtsdag. Dat mit de Pausen, wat Unkel Willem vertellt harr, dat kunn em wull gefall'n. Aver de Tiet twischen de Pausen, un denn womöglich ok noch Schacht! Dat weer jo weniger schön.
Heini gruvel un gruvel un köm ni darvun av. Een Wuch na sien Geburtsdag seet Heini noch 'n Ogenblick bi sien Vadder in Sofa, wat he jümmers dee, bet Mudder em sik snapp un to Bett bring'n dee. Vadder harr dat Radio an un höör Naricht'n. De Keerl, de dar snacken dee, de vertell hüüt jümmers wat vun Kompromiß, den de mit den afslaten harr. Dat müß nu ok Heini upfall'n: „Vadder, wat is 'n Komoschiß?" „Tja", säd Vadder un dach in Ogenblick na, wo-

denni' he den lütt'n Heini dat wull verklar'n sull. „Sieh mal, Heini", säd he denn. „Stell di vör, du kümmst in de Köök un up 'n Disch liggt twee Appeln. De will Mudder in Pannkauken back'n. Du mügst aver bannig geern de Appeln forts'n et'n un seggst Mudder dat. Mudder seggt nu, dat se di en Appel geven un den annern in Pannkauken backen will. Sieh Heini, dat is 'n Kompromiß." Heini dacht 'n Ogenblick na. Denn fröög he: „Vadder, dörf ik mi denn een vun de Appeln utsöken?" „Ja, dat dörfst du", anter Vadder un dacht, wat dar nu wull noch kam'n sull, aver Heini säd nix mehr. Heini müß nadenken.

Den annern Morgen güng Heini al rechtiedig ut Huus. Wat harr Unkel Willem seggt? De Pausen weern ganz gaud. Dat wull Heini sik ansehn. Wat he nu andrapen dee, dat kunn em ganz gaud gefall'n. De Kinner stünn up'n Schaulhof, speel'n Griep or mit 'n Ball. Aver denn klingel dat, un all de Kinner güng'n rin. „Dat ist dat nu sach", dacht Heini, „mit Schacht un Stillsitten." Na Tietlang köm'n de Kinner aver wedder rut un spel'n wieter. „Wo hett Vadder seggt?" dacht Heini, „ik kunn mi utsök'n." Denn güng he beruhigt to Huus.

Denn kööm de grote Dag un Heini müß to Schaul. Gegen all Vörutsicht güng he ok ohn veel Fisematenten hin. Möddags stell Heini sien Vadder sik an de Schaulport hin. He wull sien Söhn an den sien ersten Schauldag begröten, bemööt aver den lütt'n Gerd Wilgfang, de fröög: „Is Heini krank? He weer doch gar ni in de Schaul!" Aver dar keem de ok al ut dat Dann'ngebüsch blang de Schaul rut. „Wat Heini?" fröög sien Vadder, „büst du gar ni to Schaul west?" „Doch Vadder", anter Heini, „Ik heff mit den Schaulmeister 'n Kompopiß slaten. Ik bruuk blots in de Pausen hin."

De Malers kaamt

De Zettel hung in't Treppenhuus, glieks blang de Huusdöör, so dat jeden, de in't Huus rinkeem, em sehn müß. In de nächsten Dagen wull'n de Malers kam'n, so stünn up den Zettel to lesen, üm all de Balkons nee uttomalen. De leven Mieters weern beden, Balkonmöbel un Balkonblaum'n in de Wahnung rintonehmen.

Nu weern de leven Mieters aver lang ni all to Huus. Dat weer Sommerdag un Urlaubstiet. So harr sik de en un de anner up de Söcken maakt un weer hierhin un dorhin reist. Grete Tedsen weer allerdings to Huus bleven. Se un ehr Hein wulln erst in Harvst verreisen. So föhrn denn jümmers an de Mosel, üm sik dor för dat taukam'n Jahr mit Wien intodecken.

As Grete un ehr Mann hüüt vun Inköpen kem'n, müssen se natürli' ok över dat Schriftstück fall'n. „Dar sitt ik nu jo böös mit tau", säd se as dat dörchleest harr. „Woso sittst du dar mehr mit tau as se anner Lüüd?" wull Hein Tedsen weten. „Hein", anter sien Fro, „du weeßt doch, dat uns Naverslüüd verreist sünd un mi ehr'n Slötel geven hebbt. Else Brink meen, dat dat wull beter weer, wenn ener 'n Slötel harr. Dar kunn jo mal wat sien, un uterdem sull ik af un an mal de Blaum'n begeten. Dat is ok jo all ni so slimm, aver wenn nu de Malers kaamt, de sünd amend den ganzen Dag bi Brink in de Wahnung, un wenn denn wat vörfall'n deit, denn fallt dat up mi trüch. Den ganzen Dag dar bi de Malers in Brinken sien ehr Wahnung to stahn, dat is mi ok ni na de Mütz. Hier steiht ok, dat de Balkons afrüümt warrn süllt, un wat weet ik, wo Fro Brink ehr Balkonmöbel hin hebb'n will. Stiefmütterchen sünd dar ok".

„Na, nu laat man sien", beruhig Hein Tedsen sien Fro. „De Malers sünd jo noch gar ni hier, un Brink sien sünd jo doch bi ehr Kinner in Lübeck. Dat weet wi jo un künnt nootfalls

gau anropen. Amenn sünd se sowieso rechtietig wedder torüch". Damit güngen de beiden erstmal na baven un leten de Saak vörlöpig up sik bewenn'n.
De Malers kemen den nächsten Dag ok würkli' ni un ok den annern un övernächsten Dag ni. Den veerten Dag aver kem'n se tatsächli, mit fief Mann hoch, de Huusverwalter an de Spitz. Dar würd nu anbesehn, beratslaagt un utmeten. „Gah mal hin", säd Grete to ehrn Mann, „un fraag, wenn se anfang'n daut, un wenn se bi uns un uns Navers kaamt." Aver as Hein rünnerkeem, weern se all wedder verswunn'n.
Denn annern Morgen würd Hein vun dat Gepulter in't Treppenhuus waken. De Malers weern tatsächli dar, un dat alleen. Anschien'nd harrn se dat bannig hild. Eerstmal richten se sik in en vun de Heizungskellers ehr Hauptquarteer in. Dar würden Farvpütt stapelt un Handwarkstüch rinbröcht. Vör allen aver müß för de Malers 'n Fröhstücksruum bereitstellt warrn. Wo sull'n de Lüüd sünst ehr Broot vertehrn?
Bi düsse wichtigste Beschäftigung vun ganzen Dag funn Hein ehr vör, as he wedder fragen dee. He seh den eersten an, de säd nix. He kau jüst sien Leverwustbroot. He keek denn den tweten, den drütten, den veerten an un so wieter. Kener säd wat. Jeder weer ieverig mit sien Fröhstück beschäftigt. Dar legg ener de Bildzeitung bisiet un säd to Hein, dat he man anfang'n sull, sien beiden Balkons, sien un sien Naver sien, aftorümen. Se würden nu glieks kamen un darbi anfang'n. Hein meen dargegen, dat se doch eerst noch gar ni in de twete Etasch to arbeit'n weern, as he sehn harr. Sien Wahnung weer aver in de veerte Etasch. De Maler aver bestünn darup. He sull afrüm'n un sik tohuus hol'n. So fung'n Hein un Grete denn an, eerst ehr un denn ok ehrn Naver sien Balkonmöbel in Keller to bring'n. Up beide Balkons blöhn noch so schön de Steefmütterchen, aver se müssen nu vörtiedig up 'n Öllerbarg.

Else Brink un ehr Mann weern noch so geern bi de Kinner bleven un harrn jem ok barg nütten kunnt. As Grete ehrn Anrop keem, föhrten se aver doch af, üm Tedsen sien ni in ehr Elend alleen to laten. As se tohuus indröpen, keem Hein ehr jüst in de Mööt. „Na, sünd de Malers al bi?", fröög Hinnerk Brink em. „De sünd noch ümmer dor, wo se anfungen sünd", anter Hein un güng ärgerli wieter. Dat weer en herrlich'n Sommerdag, as Else Brink up ehrn leern Balkon keek. „Wo schön harrn wi nu hier Kaffee drinken kunnt", säd se. Dat düt all geschehn ist, dat is nu al acht Wuchen her, un dat is en wunnerschön'n Sommer west, den wi hatt hebbt. Aver sowohl Tedsen sien as ok Brink sien hebbt ehrn schön'n Balkon ni nütten kunnt, denn se luurt noch jümmers up de Malers. Jeden Dag seggt de, dat se nu kam'n wüllt. Ansünsten bedrievt se flietig ehr Geschäft, ik meen, wenn se bi to fröhstücken sünd. Aver se hebbt 'n ganzen barg torechtkregen: Brink sien hebbt ehrn Urlaub afbreken müßt, un Tedsen sien sünd gar ni eerst loskam'n. „Du Hein", säd Hinnerk Brink, „nächst Jahr denn geiht dat wiß wedder los, denn kümmert wi uns den Deubel üm dat Takeltüüg. Denn laat se uns achteranlopen".

Fathmé

Ik weet ni, ob du so heet'n deist, aver dat weer de smuckst törksche Naam, de mi infüll, un 'n smuck lütt Deern weerst du un 'n Törk' ok.
För Kinner heff ik överall veel över. Ik heff jo ok sülven twee Enkeljungs. As se mi hier in't Krankenhuus besöken deen, denn dar bün ik nu, dar stört de Groot up mi los un füll mi üm Hals. De Lütt tüffel acheran un höl beid Hänn hoch. He wull Opa ok ümfaten.

Hüüt weern se ni dar. Oma weer alleen kam'n, un wi seten in Besökerruum un vertell'n uns wat. Dar güng de Döör open, un 'n lütt Deern köm rin, mit lange swarte Haar un düsterswarte Ogen. „Een lütt'n Törk"", säd Oma liesen. „Darf ich den Fernseher anmachen?" fröög de Lütt. Wi harrn nix dargegen. Dat geev den „Bettelstudent", un se keek nipp tau.
Oma müß denn weg, un ik bleev mit de Lütt alleen. As de dat wies würd, fröög se: „Wissen sie, was das für ein Stück ist, das da läuft?" „Das ist der ‚Bettelstudent', eine Operette von Karl Millöcker", anter ik. „Millöcker kenne ich nicht", säd de Lütt, „aber Wilhelm Busch kenne ich. Ich habe zu-Hause ein dickes Buch von ihm. Leider ist er schon mindestens dreißig Jahre tot. Sie wundern sich wohl über mich", vertell se nu wieter. „Ich kann Deutsch, Türkisch, Jugoslawisch und Englisch. Ich bin aber eine Türkin. Ich habe einen deutschen Papa un eine deutsche Mama. Wie alt sind sie eigentlich?" „Tweeunsößtig", anter ick. „Mein Papa ist auch zweiundsechzig. Er liegt hier mit schlimmen Waden, und meine Mama ist achtundfünfzig. Sie besucht ihn jeden Tag. Meistens komme ich auch mit. Ich selbst bin neun Jahre alt."
Ik seet darbi un wunner mi, wat de Lütt rötern kunn. Aver dat güng noch wieter. „Ich habe auch noch einen türkischen Papa und eine türkische Mama! Die sind aber wesentlich jünger." Un denn güng dat wieter. Se wüß vun all'n Bescheed. Se vertell vun Reinhold un vun Offa up de Eiderinsel. Se kenn den groten Gerd un wüß, wodenni he to Dood kamen weer. Ik dacht, wenn uns Kinner all soveel vun uns Land weet, as düt lütt Minsch hier, denn kunn een överall tofreeden sien. Nun füng se an vun Sport to vertellen, un dat se dat „Seepferdchen" harr un noch en Prüfung mehr.

„Haben Sie eigentlich auch Kinder?" fröög se toletz. Ik vertell ehr nu, dat ik twee Enkeljungs harr un dat de ölste, de nu fief weer, dat „Seepferdchen" ok al harr, de nächst Prüfung aver noch ni. „Das macht ja auch nichts", säd se, „Ich bin ja auch schon vier Jahre älter". Ik fröög nu, ob se all mal in de Türkei west weer, un se vertell mi, dat se dar letz Jahr up Urlaub west weer. Se meen, dat de Luft dar reiner weer, denn dar weer jo keen Industrie. För ümmer müch' se aver lever hier sien. Hier weer jo ok ehr dütschen Mama un Papa. Denn sweegen wi beid 'n Tietlang un keken na'n Fernseher. Mit eenmal säd se: „Wie merkwürdig! Die Männer dort tragen alle Damenschuhe und haben auch Dauerwellen." Ik vertell ehr, dat dat, wat dar wiest würd, al tweehunnertföfftig Jahr her weer un dat dat datomal so Mood west weer.

„Du bist ein kluges kleines Mädchen", säd ik. „Wenn du nächstes Jahr zehn Jahre alt wirst, willst du dann auch zur Realschule?" Dat keek de Lütt mi truurig an un säd: „Ich weiß nicht!" Dar denkt so veele Lüüd in uns Land över all'n möglichen Kreih'nschiet na un snackt dar geern un veel över. Mi dünkt, mal över Fathmé natodenken, dat lohn sik. Ik meen, se würd uns Land keen Schand maken.

Heimatanschrift: Bahnstieg 8

Rechtsanwalt Dr. Born seet an sien'n Schrievdisch, instandig beschäftigt mit 'n besonnern Vörgang. Dor klopp en liesen an de Döör. As he vun sien Arbeit upsehn dee, stünn sien Lehrmäten vör em. „Entschülligen Se veelmals, Herr Dokter", säd de Deern, „dar buten is 'n Keerl, de Se afsolut spreken will." „Mien Deern", anter Dr. Born, „dat heet ni, dar is 'n Keerl, dat heet, dar is 'n Herrn, de se spreken will." „Nee, Herr Dokter", meen de Deern, „dat is wiß keen

Herrn, dat is 'n Keerl or beter 'n Individuum", un darmit keem dat Individuum ok al to de Döör rin. Dat heet, he nöhm sien'n smerigen Haut af un möök so 'n ooltmoodschen Kratzfaut vör Dr. Born. Denn platzeer he dree bit veer Plastiktüten, wat anschien'nd sien gesamtes Hab un Gaud weer, up den free'n Platz vör Dr. Born sien'n Schrievdisch. Nu legg he sien rechte Hand up Hart un möök noch eenmal 'n Deener. „Dokter Lünken", säd he denn, „Facharzt für innere Krankheiten", un sett sik up den Besökerstauhl.
„Üm Gottes will'n", dacht Dr. Born, „wo heff ik mi darup inlaten". Darüm güng'n em de Daten vun sien'n Besöker dörch'n Kopp, de dar nu, vörnehm utdrückt, in schevige Eleganz vör em seet, weniger vörnehm seggt, de recht so'n beten utlümt weer. Un so weer dat west: Oberschaul, Studium, denn Statschonsarzt un toletzt Oberarzt mit Utsicht up 'n Professur. Aber denn weer em sien Fro mit 'n Taxifahrer dörchbrennt, un Dokter Lünken harr dat up Supen leggt, bit he, as dat heten harr, sien Patschenten ni totomoden weer.
Dokter Born faat sik, un so keem denn allmähli' 'n sachliche Verhandlung tostann. Toletzt fröög he sien'n Mandanten: „Un wo kann ik Se erreichen, Herr Dr. Lünken?" „Ja", anter sien Gegenöver, „dat is man so 'n Saak, Herr Dokter. Tweemal de Wuch eet ik bi Tine Wohlers in de Chrischanstraat Kartüffelpuffers. Eenmal in de Wuch speel ik mit de beiden Plünn'nkeerls August un Willem Tingsfeld ut de Esplanade Karten, un männichmal bün ik denn ok noch in jen' anner Straat..., na se weten wull, Herr Dokter. Aver jeden Avend, vun Klock söß bit Klock negen bün ik jümmers up den Bahnstieg 8 to finn'n."
„Aver beste Mann", fröög Dokter Born, „wohin verreisen se denn jümmers?" „Aver ne doch", säd Dokter Lünken, „ik verreis' doch ni. In de Bahnhoffsstraat gifft dat den billig-

sten Snaps, un up Bahnstieg 8 dar nehmt wi denn en, mien Kumpels un ik."

Acht Daag later säd Dokter Born to sien Lehrmäten: „Frölen Helga, Se möten Dokter Lünken 'n Breef hinbring'n. Gahn Se eerst na Fro Wohlers in de Chrischanstraat, un denn fragen Se bi den Plünn'nkeerl Tingsfeld na em. Wenn he up keen vun de beiden Stell'n is, denn möten Se em up 'n Bahnhoff, up Bahnstieg 8 söken."

„Ne", säd Tine Wohlers, „Harald Lünken weer düsse Wuch noch gar ni darwest, aver wenn de junge Daam 'n Kartüffelpuffer eten wull, twee Mark dree Stück, mit Appelmaus twintig Penn extra". Ok de beiden Plünn'nkeerls wüssen nix vun Dokter Lünken. Ob dat Frölen amenn Skat spel'n dee, frögen se. Aver de Deern wull keen Skat spel'n, se wull den Breef an 'n Mann bring'n. Darüm güng se na 'n Bahnhoff, na Bahnstieg 8. Dokter Lünken weer noch ni dar, dat slöög jo ok eerst jüst söß. So 'n paar merkwürdige Typen keken ehr vun baven bet ünner an, un se weer am leevsten wedder afhaut. Aver dar keem Dokter Lünken mit twee Snapsbuddeln in de Tasch al de Trepp hoch pust'n, un se geev em sien'n Breef. Denn möök se, dat se de Trepp wedder dalkeem. „Tööv Deern, drink 'n Snaps", reep Dokter Lünken ehr na, aver dar weer se al to 'n Bahnhoff rut.

Is dat 'n nationale Katastrophe or geiht gar de Welt ünner

Ja Lüüd, dat is würkli' gar ni wedder gaudtomaken. Wenn dat so wietergeiht, denn geiht amend tatsächli' de Welt ünner.

Passeert is dat in Bonn, wat jo uns Hauptstadt is. Dor regeert uns Bundeskanzler, un siet al 'n ganze Reeg vun Jahr'n

heet he Helmut. Dat heet, dat is al ni mehr de sülve Helmut, denn vördem harrn wi al 'n annern. Möglicherwies sall dat nu so blieven. Ik meen, dat de Bundeskanzler jümmers Helmut heet. Dat is in Rom bi de Paapsten jo ok so ähnli'. Ik harr nix dargegen, denn ik meen, wi hebbt mit uns Helmuts in de letz'n Jahr'n bannig Glück hatt. Amend kann dat denn jo so kam'n, dat de Titel Bundeskanzler afschafft warrt un de eerste Mann in't Kabinett blots noch Helmut heet. Dat is vördem annerworrns al ok so west. Ok in Rom. Dar regeer datomal en, de Cäsar heten hett, un wiel de Römers gaud mit em tofreden west sünd, würden all sien Nafolgers ok Cäsar.
Slecht warrt dat allerdings, wenn, wat ni vun de Hand to wiesen is, mal eens 'n Froonminsch den Posten kregen deit. Sall se denn amend Helmutin warrn? Aver nee! Ik bün mehr dafför, dat se denn Helma heten deit un de Titel Helmutin för de Froons vun de Helmuts vörbehol'n warrt. Ja, un üm uns Helmutin, dar geiht dat hier. In Würklichkeit heet se jo Hannelore, aver dat schaad jo wieter nix.
Wat nu ehr Mann, uns Helmut is, de is nu ständig ünner Beobachtung. Vun morgens bit avends un sogar to Nachtslapentiet. Dar steiht an de en Eck en vun Spegel un an da anner Eck en vun Steern un so wieter, un seht tau, wo se uns'n jeweiligen Helmut wat uphaken künnt. Wenn se denn wat utfündi' maakt hebbt, denn kümmt dat in't Blatt, un wat se ni utfündig maakt hebbt, dat leegt se dartau.
Vör 'n paar Daag, dar setten sik nu uns Helmut un sien Hannelore in't Auto. Keeneen wüß nu, wat se vörharrn. De vun Steern keek den vun Spegel an, keek de annern an, keeneen wüß wat. „Ach wat", säd de Spegelmann, „dat is jüst Kaffeetiet. Amend wüllt se Tante Frieda to 'n Geburtstag graleern." Denn spel'n se ehrn Skat wieter.
As aver na 'n Stünnstiet Helmut alleen wedder to Huus keem, dar würd'n de en un de anner vun de Zeitungslüüd

doch almeist hasi', aver de ol'n Vöß beruhigen jem. „Helmut", so säd'n se, „de hett keen Tiet mehr hatt, un Hannelore is noch 'n beten bleven. Aver de kümmt wedder. De is an Broot gewennt."

Aver Hannelore keem ni wedder. Se bleev verswunn'n. Ja, un nu weer jo wat los. De ölsten Zeitungsvöß kem' in Gang, un de gruwelligsten Lögen würden hannelt. Dat döllste Ding weer, dat se heemli' na Moskau reist sien sull, un dat se dor separat mit de Gorbatschow'n verhanneln dee. Aver Helmut säd nix, un dat bröch de Zeitungslüüd allmähli' in Raasch. Düsse unmögliche Taustand duur so lang, bit Helmut sik eens Vörmöddaags in't Auto sett un afföhr. Dütmal leten se em aver ni föhrn un setten sik em up de Hacken. Doch Helmut kümmer sik ni darüm un verswunn in en Bonner Krankenhuus, wo he na 'n Tietlang mit sien Hannelore an de Hand wedder rutkeem. „Ja", säd Helmut to de Zeitungslüüd, de em mit apen Muulwark anstieren, „mien Fro harr dat 'n beten mit de Gall. Dat is nu aver allens wedder klaar." Denn setten de beiden sik in't Auto un susen af. „Wat 'n Katastrophe, dat wi dat ni weten hebbt", säd de vun Steern. „Ja", meen de vun Spegel, „wenn 't so losgahn sall, denn geiht de Welt bald ünner. Harrn wi blots rechttiedig uns'n Pfeiffer fleiten laten."

Amtsgeschäfte

En Arbeitsmann, de 'n Stoot krank west is or sien Urlaub achter sik hett, de fangt wedder an to arbeid'n. Wat nu aver 'n hogen Herrn is, de nimmt siene Amtsgeschäfte wedder up. Dat is beid dat sülve, blots dat heet anners. Nu gifft dat aver ok Lüüd, de meent, wat wunner för hoge Herrn se sünd, un mit de keem mien Fründ August Knickrehm to gang. Hüüt harr August ok Amtsgeschäfte, ob'liek he för gewöhnli' in Stall un Feld sien Arbeit nagüng, denn he weer Buur. Aver wie geseggt, hüüt harr he Amtsgeschäfte, he harr up Amt to daun.

August park sien Auto un güng up dat hoge Verwaltungsgebüüd tau. Aver wo sull he hin? In den Glaskasten neffen de Ingangshall seet 'n Keerl, de anschien'd jüst 'n beten Tiet harr. Den kunn he man fragen. „Ik bün August Knickrehm ut Seehusen", säd he, „un ik mutt ja wull na't Gesundheitsamt. Künnt Se mi wull 'n bet'n trechwiesen?" De Keerl in den Glaskasten keek August vun baven bit ünner an, as wenn he segg'n wull: „Wo kannst du Worm dat wagen, mi hier antospreken." Denn aver säd he doch: „Zimmer 17."

Up Timmer 17 säd 'n Keerl an Schrievdisch un pinsel vör sik hin. Vun August siene Gegenwart nehm he gar keen Notiz. Eerst as de to 'n drütten Mal hoost harr, bequeem he sik uptokieken un fröög: „Sie wünschen?" As August nu sien Gewarv anbröcht, säd he kort: „Zimmer 23", un de Buur kunn wedder gahn.

De fründliche dicke Herr vun Timmer 23 eet jüst Fröhstück. August kunn in aller Ruh vertell', wat he up 'n Harten harr. Blots as de Herr mi sien Mettwustbroot ferdig weer un nu den Kees angahn wull, ünnerbröök he August. Wenn he 'n Buddel Beer drinken wull, denn sull he em en mitbringen. August wull keen Beer drinken. He wull sien Saak vertell'n, un de Herr leet em ok. As August mit sien Vertell'n trech' weer, weer de ok jüs mit sien Kees un de Appeln ferdig un steek sik nu 'n Zigarett an. He möök 'n depen Tog un säd: „Ja, allens schön un gaud, beste Mann, aver för ehrn Fall bün ik ni tauständig. Dat maakt mien Kolleeg up Nummer 36."

Nummer 36 schick em na Timmer 45. „Dat deit mi leed", säd de Herr up ,45', as August em sien Anliggen vördragen harr, „aber deswegen harrn Se ni ganz hier hoch bruukt. För ehre Saak is mien Kolleeg up Nr. 17 tauständig." „Dor bün

ik doch al west", meen August, "aber amenn sull ik mal dat ganze Amtsgebüüd kennenlehrn un hier baven de schöne Utsicht geneten."
De Herr vun Timmer 17 leet sik nu dartau raff, dörchtolesen, wat August mitbröcht harr. Denn heft he dat af un säd: "Sie bekommen Bescheid." Dar würd August dull. He schalt sien Berufsverband in un klaagte.
En paar Wuchen later kreeg August 'n nee Auto, wat he anmell'n müß. "Oh Gott, oh Gott", dacht he, "wo sall mi dat wedder gahn warrn!" Aver för düt mal irr he sik. An de Stell, wo he hinwiest würd, dreep he 'n fründlichen jungen Minschen an, de anschienend jüst mit en anner Besöker verhanneln dee. "Nehmen Se 'n Ogenblick Platz", säd he to August, "ik bün glieks so wiet." Denn greep he na sien Telefon un reep 'n paar Stell'n an, wo he sik wull wat befragen dee. "So", säd he denn to sien Besöker, "dat harrn wi. Se möten na Timmer 44. Mien Kolleeg dor, de lett sik al ehr Akten kam'n." De Besöker bedank sik un güng. "So geiht dat also ok", dacht August.
"Wat kann ik för Se daun?" fröög de Herr nu un keek August fründli' an. "Ja, ik harr geern 'n Nummernschild för mien nee Auto", anter de. "Hebbt Se en besonneren Wunsch?" fröög de Herr wieter. "Wenn dat geiht", anter August verwunnert över so veel Entgegenkamen, "denn harr ik gern AK, denn ik heet August Knickrehm, un düt, dat is mien drütten Wagen." En korten Blick in de Kladde, un de Mann haal twee Schiller ut sien Schrank, "AK 3" stünn dar up. "Kost dat sülve as överall", säd de junge Herr. "Ik haal mi dat vun de Firmas hierher." August lang na 'n Drinkgeld, aver de Mann wies dat torüch. "Ik warr darför betahlt, de Lüüd to helpen, un ik bring se de Schiller ok geern an."
Wedder 'n paar Wuchen later, August keem jüst vun Höker, as em sien Naver Steffen in de Mööt leep. "August", säd

Claas Steffen, „ik bruuk Nummerschiller för mien'n Trekker. Du wüßt doch en'n . . ." „Ik mutt morgen doch hin", anter August. „Ik maak dat för di in de Reeg."
Den annern Dag stüür August denn ok dat Büro vun sien'n Bekannten an, üm de Saak gau to erledigen, aver dar harr 'n Uul seten. Veelmehr, de fründliche Herr vun vördem weer ni mehr dar. An sien Stell seet dar nu ener na de Kalüür vun den Typ, de datomal up Nummer 17 seet. „Wo is denn de fründliche Herr, de sünst hier seet", fröög he. En Keerl, de bither an't Finster stahn harr un den August gar ni wies worden weer, dreih sik nu na em üm. „De kümmt ni wedder", säd he. „Stell'n Se sik vör, de Keerl is up de Wünsche vun sien Publikum ingahn un hett unterdem noch Saken för jem erledigt, de ni sienes Amts weern." „Gottes nee, dat geiht ünner de Huut. Dörf ik fragen, wer Se sünd?" fröög August. „Mien Naam is Anilak, un ik bün de eerste Mann hier", anter de Keerl. „Wenn Se de eerste Mann hier sien wüllt", anter August, „denn sull'n se ok weten, dat Se un ehr Mackers blots darför betahlt ward, dat Se de Lüüd hölpen un bistahn daud." „Nee, nee", anter em de eerste Mann, „dat geiht ni, wo blifft dar de Respekt?" August keek de beiden Keerls lang an. Denn nöhm he den Schrievdisch in sien Buurnfüst un kipp den ganzen Salat üm. „Mann, dat geiht jo ünner de Huut", säd de eerste Mann, aver August harr al de Döör vun buten taumaakt.

Wegrationaliseert

„Oh, wat is dat eenmal schön!" reep Annakatrin nochmal ut, as de lütte Stadt, wo se nu in Taukunft wahn' sull, vör ehr leeg. De Stadt weer ok würkli wunnerhübsch mit ehr olen Hüüs an de rechtwinklich'n Straten, mit all de Grachten, wo de Seerausen blöhten. „Un kiek blots mal", un darmit faat se ehrn Mann ann'n Ärmel, „kiek mal den smucken Brunn'n dar up den Marktplatz. Holländer süllt vör dreehunnertföfftig Jahr düsse Stadt buut hebb'n, so heff ik leest", vertell Annakatrin. Al up de Tour hierher harr se sik garni' satt sehn kunnt an de smucken Dörper, an de selten Vageln un an dat wiede, wiede, gröne Land. Bither harrn se in de Grootstadt wahnt, in en düstere, griese Straat, mit 'n Utblick up jüst so griese Hüser. Dar weer se denn ok kuum rutkam'n, denn dartau harr ehr Hannis keen Tiet un keen Geld hatt.

Nu seet he, suurpöttsch as jümmers, stief as 'n Pahl blang ehr. Se leet sik aver ni vun siene Suurpöttschigkeit ansteken. „Sieh dar", säd se, „dar is ok dat Postamt, wo du in Taukunft arbeit'n sallst."

Dat weer richtig. Hannis weer an dat Postamt an düsse Lüttstadt versett worden. He harr sik denn ok foorts'n befragt un woso un wodenni'. En öllern Kollegen harr em denn seggt, dat em dat ni leed daun sull. Dor in Christiansborg, dor güng dat noch all ruhig un gemütli tau. Jüst so, as wenn de Preuß ninich dar kam'n weer. Aver jüst düssen Taustand, dat harr he sik vörnahm'n, den wull he 'n End maken.

„Hannis", säd sien Fro un schüttel wedder sien'n Arm, „Hannis, freust du di denn ni?" „Ik müch mal weten", anter Hannis, „worüver ik mi hier freu'n sall. Mit den Slendrian is dat hier jo noch leger, as ik dacht heff. Kiek di doch mal den Postboot an, de dar even mit sien Posttasch ut Amt rutkam'n is un nasten in de Apteek ringüng. De kümmt dar nu mit 'n ganze Tasch vull Medizin wedder ruut. Seker bringt he dat för wen mit. Aver mit sowat is dat nu to End. Hier mutt mal 'n scharpen preuschen Wind weih'n." Darmit steeg he ut Auto un güng stief as 'n Pahl in't Postamt rin.

Den annern Dag weer de Amtsövernahme. „Ik heff hier beste Lüüd", säd de ool Amtsrat, den he aflösen sull, to

Hannis, as de em Adjüüs segg'n dee. „Ok mit de Postkunn'n in Stadt un Land hebbt wi jümmers 'n gaudes Verhältnis hatt. Ik raadt Se, tatosehn, dat dat so blifft". Hannis höör aver gar ni darna hin. He harr sien egen Gedanken.
In de nächsten Wuchen blöh Annakatrin up as 'n Pingstroos in de schöne Umgevung, wo all de Lüüd so fründli' un nett to ehr weern. Aver dat sull sik bald ännern, un dat leeg an Hannis. De harr ni blots den Raat vun sien'n ol'n Amtvörgänger in 'n Wind slahn, he harr sik ok de ole Regel ni to Harten nahm, de dar seggt, dat ener, de en Amt övernimmt, sik erst mal de Arbeit vun sien'n Vörgänger 'n Tietlang ankieken sall, bevör he en Deel ännern deit. He rationaliseer foorts'n frisch darup los. De Tourn würden nee bemeten. Wat to besorgen or wat mittobringen, würd strengstens ünnerseggt. Wat jichtens inspaart warden kunn, dat geschöh. Dat dat bitherige gaude Verhältnis mit de Postkunn'n langsam in de Mudd güng un sik bi de Lüüd Unlust breetmöök, dat kümmer Hannis weni'. Sien Vörhebb'n föhr he dörch, un dat weer noch keen Jahr vergahn, dar harr he den Personalbestand üm een Drüttel reduzeert, un he kreeg 'n Loov vun sien vörgesetzte Deenststell. To 'n eersten Mal güng 'n lichten Schien över Hannis sien Gesicht. Nu kunn 'n Beförderung ni mehr lang op sik töven laten. Den annern Dag keem de Breef. Beförderung? Denkste!
Wegen den so erheblich torüchentwickelten Personalbestand weer Hannis sien bitherige Planstell streken un he weer wedder in de Grootstadt torüch versett worden. He harr sik sülvst wegrationaliseert. Wo sull he dat sien Annakatrin bibringen?

Dat nee Auto

„So 'n Stinkdiert kümmt mi ni up 'n Hoff", säd Claas Deinert un smeer dat Swartbroot vull Botter, denn he weer jüst bi't Fröhstücken. Wieldes he sien Broot kau', dacht he daran, as he fröher sommerdaags mit twee Holsteener vör 'n Wagen över Land föhrt weer. Wenn Unkel Franz denn bi em up'n Buck seet, denn kunn de beiden sik gaud wat vertell'n un liekers noch de Gegend bekieken. Se harr'n Tiet to sehn, wodennig dat Koorn up de Koppeln stünn, un wenn se an 'n netten Kroog vörbikeem'n, denn kunn se ruhi' en'n nehm'n. Keen Wachmeister tööv mit de Tüüt up ehr, denn de Peer bleven jo nüchtern.

As Claas mit sien Gedankengang toend weer, säd he noch enmal: „Nee, so 'n Diert kümmt mi ni up'n Hoff." Darmit weer för em de Saak erstmal erledigt, un sien Fro un sien Söhn, de em in de Ohrn legen harrn, de en wegen Trecker, de anner wegen Auto, trocken af as de begaten Pudels.

Aver dat sull anners kam'n! Eensdaags künni' de Daglöhner, un acht Dag later verfung'n sik twee vun Claas sien Peer. Nu müß Raat maakt ward'n. He dacht daran, nee Peer to köpen, aver Arbeitspeer weern raar word'n. Dar stell em Unk'l Franz 'n schön'n Trecker vör, de bi de Genossenschaft to 'n Verkoop stünn, un Claas leet sik breetslagen. Eerstan keek he dat Diert, as he säd, bannig scheef an. As denn aver de Aarn keem, sett he sik doch al rup un föhr 'n bet'n vörtau, wenn de annern upstaakt'n.

Över Harvst wull Claas mit sien Male na Rendsborg to Utstellung. Nastens schimp he den ganzen Avend un ok den annern Dag noch, wo düür em de Iesenbahn worden weer. Dar füll' se al över em her, un Male säd, dat he jo sülven Schuld harr, denn he wull jo keen Auto köpen. Claas säd nix. He trock sien Jopp an un güng to Dörp.

Den annern Morgen stünn dat Auto vör de Kökendöör. En'n hellblau'n VW-Käfer mit witte Reifen. Nu güng dat Wunnerwarken los, un all Claas sien Kinner, tein Stück harr he, bekeken dat Auto vun vörn. Aver Male leet sik vun Helmut, wat de Swiegersöhn weer, foorts'n mal na de Sniedersch na Kabelhorst föhrn. As se wedder trüch keem un Male vertell'n de, wo fein dat gahn harr, dar müß'n de Jungs, de al föhrn kunn, all gau mal 'n Runde rund üm Hoff mak'n. Claas harr sik up de Bank sett un keek dat Speelwark an. "Vadder, du mußt ok mal föhrn", reep Hein, wat sien Ölsten weer. "Du hest doch över Sommer ok tauföhrt." Claas leet sik besnacken un sett sik an't Stüür. He pau dat Gaspedal dörch, as he dat vun Trecker gewohnt weer. Aver de VW schööt af as 'n Blitz, un dat nee schöne hellblaue Auto prall frontal gegen de Pullwichel, de an Meßhupen stünn. Allens, wat an Kinner mitföhrt weer, trüdel so dennig dörch'nanner, dat eerstmal de Arms un Been sorteert ward'n müß'n. "Hein, kreeg den Trecker rut un bring dat Auto na de Warkstell. Dat mutt hüüt noch wedder ferdi", säd Claas. Denn güng he in't Huus rin.
Nastens hett he sik noch gaud an't Autoföhrn gewöhnt, un vun sien schön'n Wagenfahrten vertell he garni mehr so faken. Blots noch mennigmal avends bi't Kartenspeel'n. Aver sülven föhrt hett he ni wedder.

Schinkentiet

Wahr'aftig, dar hett sik 'n barg ännert in de letzten föfftig Jahr, ok mit Eten un Drinken. Amenn dat besonners. Dar kann ener 'n ganzes Bauk schrieven över ole Gericht'n, de dat nu gar ni mehr giff. De Ol'n aver, de Lüüd vun datomal, de wüß'n nix vun dat af, wat hüütodaags up 'n Disch kümmt.

Bi uns tohuus sull dat hüüt Miracoli geven un darüm sull ik Schinkenspeck mitbring'n. As ik nu in Slachterladen stünn, bestell ik denn 'n half Pund Mettwust, uns Heineslachter hett jo de beste Mettwust in de Umgegend, un 'n half Pund Schinkenspeck. „Segg man to dien Fro", säd Helga, de mi bedeen dee, „dat wi schön'n Landschinken harrn." „Dat paßt gaud", meen Mudder nastens, „de Breiholter Jungs beed up 'n Markt Spargel an. Dartau hol uns man'n schön Stück Schinken." De Schinken weer gaud, kost aver ok gaudes Geld, un ik dacht daröver na, woveel Schinken wi doch fröher eten harrn: Schinken to 'n Spargel un to de Swattwötteln, Schinken to de Arfen un to de Bauhn'n, Schinken parneert un in Sooß, Schinken to Fröhstück un to Avendbroot. Wi fabrizeern de Schinken aver ja ok sülven, dat heet, wi mast'n de Svien un leten ehr winterdaags slachten.
To 'n Slachten keem denn jo Boje. Wenn he den Fautstieg lang dörch Osterholt na 'n Hoff rup anstappt keem, möök he 'n Gesicht as dree Daag Regenwedder. Sien Söhn güng twee Schritt achter em un grifflachte. He wüßt Besched. „Gun Morgen", säd Boje ni. „Is dat Water hitt?", fröög he, aver ik geev em keen Antwort, ik schenk em 'n Snaps in. He drunk em, as weer dat 'n notwendige Medizin, denn güng he an 'n Waterketel ran. „Dat Water is lang ni hitt noog", säd he, ik harr em al den tweten Snaps inschenkt. Darna würd sien Gesicht al 'n beten fründlicher, aver nu weer dat Water intwischen veel to hitt worden.
Ik kenn de Prozetuur un kümmer mi ni üm den Ketel. Boje bruuk den drütten Snaps. As he den drunken harr, strahl he övert ganze Gesicht. „So", säd he, „dat Bröhwater is gaud, wie künnt anfang'n. Buur, haal dat Swien ut 'n Stall." Un denn verstünn he sien Fach. He harr 'n gauden Snitt un wüß ok richtig to solten.
Na dat Solten verswun'n de Schinken 'n Tietlang in de Pöök, bit se denn in de Rökerkamer lan'n. De Rook tohuus

fröher, vun witten Törf un Bökenholt, geev den Schinken so den ganz besonnern Gesmack, jüst so as Vadder Köhler sien Imm'nhonni'. De harr aver den egenartigen Gesmack vun den Piepensaft, de em denn un wenn darmank lecken de. Wenn de eerste frische Schinken ut 'n Rook keem, dat weer 'n Fest. Schinkentiet aver, de weer fröher dat ganze Jahr.

De Ferienreis in't Unbekannte

Dat weer vun morgen al wedder wat los in Hannes Wiemer sien Amtsstuuv. Aver so weer dat jeden Maandag morgen. All de Kollegen keem'n frisch un erhaalt ut Wuchenend un störten sik up de Arbeit. Dartau bruuken se vun Hannes Informatschonen, un he geev jedeen Utkunft ob'liek mennigmal Fragen stellt würd'n, över de he sik bannig argern dee. So wull Guste Laukamp weten, ob Brekendörp in Schleswig-Holsteen leeg un ob dor amenn 'n Landraat residdeern dee.
Bi so'n Gelegenheit as Maandaag morgens würd ok geern 'n bet'n snackt, un de Kollegen bröchen an Mann, wat se över 't Wuchenend so beleevt harrn. Guste Laukamp haak dar foorts'n mit in un vertellt vun de Balearen, woneem se de letz'n dree Jahr ehrn Urlaub verbröcht harr. Düt Johr harr se al wedder daför bucht, as se säd.
Hannes Wiemer seet wieldes an sien Schrievdisch un schreev, dat de Fingern knacken. För Klöönsnack harr he Maandaag morgens keen Tiet. Guste Laukamp arger dat, dat he ni mit tauhörn de. Darüm fröög se spitz, ob he Ibiza kennen dee. Hannes keek 'n Ogenblick vun sien Arbeit up un ehr an. Denn säd he: „Ne, Ibiza kenn ik ni. Ik weet aver, wo Brekendörp liggt, un ik kenn ok den tauständigen Landraat. Dat's nämli unse Chef."

Max Horn harr ok still darbistahn, un as Guste Laukamp beleidigt rutgahn weer, fröög he: „Seg mal Hannes, in Ernst, hest du al 'n Urlaubsplan?" Hannes trock mit de Schullern un säd: „Weet ik ni, wenn't losgeiht, geiht 't los." Darbi weer Max Horn gar ni so dull vör de unrechte Smeed west, denn so dumm, as Guste Laukamp em heel, weer Hannes lang ni. Wenn he ok Ibiza ni kenn'n dee, so geev dat doch kuum en Eck in Düütschland, woneem he noch ni west weer un kuum en Land in de Naverschop, dat he ni kennen dee. Aver he buch un plan ni lang, he föhr ganz eenfach los.
Dat dee Hannes ok düt Jahr, un he keem in en Land, dat nüms kenn'n dee. In keen Prospek' weer darvun to lesen, un in keen Reis'büro kunn en darvör buchen. Aver he weer bannt vun dat wiede gröne Land un vun de stille Rauh, de em ümgeev. Blots weni' Minschen begeg'n em, un wenn se vörbikem'n, gröten se fründli'. Se weern dat ni wendt, dat ehr 'n Frömden bemöten dee, Autos föhrn meist gar ni, un wenn mal en keem, denn weer dat 'n Buurn, de na sien Veeh kiek'n wull. Aver selten Vagels flögen över dat Land. Se leten sik dal un söchten ehr Nahrung.
Un wieter föhr Hannes dörch dat unbekannte Land. En Fluß slängel sik dörch de grönen Wieschen ünner 'n Över, wo dat Land bargiger würd un en Dörp leeg. Dat leet an as en Bild vun Künstlerhand. De Kirch leeg up en Barg un blangan en Kroog, de to 'n Blieven nödigen. An de Huuswand weer 'n Tafel anbröcht, wo to lesen weer, dat hier mal vör Tieden en vun un gröttsten Dichters leevt un wirkt hett. Wönk vun sien Vertell'n speelt hier in düt Dörp.
Hannes sien Reis güng wieter. Dat wiede gröne Land leeg wedder vör em. Aver wat stegen dar för Hümpen up, meern ut dat even Land. As he aver darvör stünn, weer em dat, as wenn de Bargen anfung'n to reden un se säd'n: „Hannes, nimm de Mütz mal af, denn uns Öller tellt na Jahrdusende.

Sieh mal, Hannes, all düt wiede gröne Land hier weer mal wildes Water. Düt hier weer 'n Insel, un wi weern Dünen. Aver de Buur is kamen, de Herr in düt Land, un hett uns rüstert. So hebbt wi uns begeven un sünd Bargen worden." Wieter güng de Fahrt. Hannes keek över dat wedder bargige Land, un vör em leeg uns'n Herrgott sien Lustgaarn. Steiler würd'n de Bargen, un ünner blänkern Seen. Grote Seen, de sik wiet hintrocken, un lütte Seen, de as verwunschen deep in de Hölter legen. An en'n See keem Hannes, de leeg so eensam int' Holt, dat he meen'n kunn, dat he de eerste Minsch weer, de düt'n See to seihn kreeg. Aver ok würkli, keen annern Minsch weer toseihn. Blots de Vageln sung'n, de Kukuck rööp, de Pöch quarken un de grote Rohrdommel leet sik hör'n. „Wo is dat wull mögli'," dacht Hannes, „dat dat in unse hille Tiet en so schönes stilles Stück Eer geven deit." Schöne Slötter un Herrenhüüs keem'n em vör Ogen. Man wies em de ole Pracht un vertell vun de Lüüd, de hier vördem ut- un ingahn weern.

In en ooltwürdigen Kroog würd em, wenn he avends inkehren de, en'n köhlen Drunk un en gaudes Avendbroot vörsett. As sien Reis to Enn güng, keem he in en ole Stadt. De hogen Törm un fasten Doore tüügten vun ole Macht un Stolt. Wiet recken se över dat Land hin un funn'n ehr Spegelbild in den Fluß to ehr'n Fööt'n.

Hannes güng in en Kroog. He sett sik dor up en eenfache Bank an en Disch, de ut Schippsplank'n maakt weer, un as he dor seet, keem' em snaaksche Gedanken: „Du hest de hogen Bargen sehn. Du hest de groten Ströme sehn, un du büst in de groten Städte west. Hest du aver jemals en Land sehn, so herrli', so schön as düt unbekannte Land, wat du in de letz'n Dag bereist hest?"

An en'n Maandagmorgen seet Hannes wedder in sien Amtsstuuv an Schrievdisch. De Kollegen vertell'n vun ehrn Urlaub. Oh, se weern wiet kam'n. Na Spanien, na Griechenland, een weern sogar na Ceylon west. Dar fung Hannes ok an to vertell'n, vun sien Reis in dat unbekannte Land. As he toenn weer, wullen se all vun em weten, woneem dat leeg, sien unbekannt Land. Guste Laukamp meen, Hannes sull ehr man de Adress upschrieven. Denn wull se foortsen för anner Johr buchen. Aver Hannes güng ut de Döör un säd keen Wort mehr. As he buten weer, säd sien Macker: „Veertein Daag ist he ünnerwegens west, keem aver jeden Avend an de Kaat. Darbi hett he keen achthunnert Kilometer föhrt. Woneem mag dat markwürdi' Land wull sien, dat he bereist hett?"

Unse schöne lüttje Schweiz

Langsam tucker de Lüttbahn vun Owslag na Eckernför'. In de Coupees röök dat na sülvstgebuten Taback und Mottenpulver. An dat Finster seten twee Froonslüüd un rötern in een Tour weg. Darbi halen se een Rundstück na dat anner ut ehr Pas'n ruut. De Rundstück weern man vun Roggenmehl, aver de beiden slögen ehr dal, as weern dat Teekauken. Datomal weer de Hunger faken to Gast. De beiden Keerls, de in Dörchgang stünn'n, harrn em sacht ok al kenn'nlehrt. Ehr versleden Wattejack'n un de Russ'nmützen, dese up 'n Kopp harrn, tügten darvun. Vörsichti' haal de een 'n Tabackblatt ut sien Bosttasch un wies dat sien Mackers. Denn fung'n de beiden 'n utföhrliches Gespräch an över de Vör- un Nadeele vun Fischpaste.

De Tog hööl nu bi Baumgaarn. Wo seh dat doch man enmal smuck ut so ünner Ruuchriep. Maleens weer dat hier 'n veel besöchtes Kaffeelokal west, aver de Lüüd, de nu hier mit Tasch'n un Pack'n utstegen, dat weern wiß keen Kaffeegäst. Anschien'nd weer ok düt Lokal över un över mit Flüchtlings beleggt.

Na'n lütt'n Klöhnsnack tucker uns „Hüttner Bargen-Expreß" kommod Ascheffel tau. De beiden Mackers weern intwischen mit de Fischpastete t'recht worden un nu up de Wiehnachtsfier vun ehrn Sportvereen to snacken kam'n. Hauptsächli' güng dat aver üm den Heringssalat, de twar wunnerschöön utsehn harr, aver wegen de vullkamene Afwesendheit vun de Herings denn doch ni so dull west weer. De Tog möök sachten 'n Bucht, so dat de Blick up den Bistensee freegeven würd. De junge Fro, de de ganze Tiet al blang mi stahn harr, bedeelig sik an keen Gespräch. Se keek man jümmertau ut Finster. In all dat Elend vun de Tiet harr se sik wull den Sinn för de schööne Ümwelt bewahrt. Aver nu keek se up un säd to mi: „Wunnerschöön, meist as in de Schweiz. Blots de Bargen sünd ni ganz so hoch." Denn sweeg se wedder un keek na buten.

Intwischen weer de Tog in Ascheffel ankam'n. „Oh, Ascheffel, Hart un Prunkstück vun de ‚Hütt'ner Bargen'." Recht harr se, de junge Fro in den Tog, denn wat för Zermatt dat Matterhorn is, dat is för Ascheffel de Aschbarg. Twar is de ni ganz so hoch as dat Matterhorn, aver darüm is dar ok lichter rup to kam'n. Wer ni lopen mag, de kann sogar dar rup föhrn. Un denn kann en dar ganz kommod' Kaffee drinken. Dat heet, datomal müß sik ener allens, wat to 'n Kaffeedrinken höör, mitbring'n. Un 'n Rundblick hett en dor. Dat Matterhorn kann dar wiß ni mit. Dor staht doch jümmers de hogen Bargen ünnern Föten. Vun Aschbarg aver, dor kiekst du övern Bistensee un över den groten Wittensee. Wietaf blinkert de Oostsee. Över twintig Kirchtörm sünd to sehn un denn all de annern mit Holt bewussenen Bargen. Ob in Fröhjahr in't eerste Gröön, ob in Sommer, wenn de gelen Kornkuppeln mank de Hölter rutkieken daut, ob in Harvst, wenn de Bööm in ehr goldgele Loov staht, or as nu in Winter, wenn allens ünner Snee un Ruuchriep is, schöön ist dat jümmers. Darbi is de Aschbarg noch

gar ni de höchste Barg. De Scheelsbarg bi Brekendörp is mit sien hunnertunsöß Meter noch ganze negen Meter höger. Wegen düsse schöne Utsicht hebbt se vördem ok den Bismarck hier upstellt. Datomal, as düt Vertell'n spel'n dee, stünn he dor in Haaren un keek stuur na Norden, ahn sik undanbarerwies üm de schöne Landschaft to kümmern, jüst so, as mien Fründ Karl Anders, den de Peer utneiht weern un de ni wüßt, wo dennig he ehr wedder faatkregen sull. „Amenn töövt he up en, de em Bodder mitbring' sall", meen Fiede Kämper. „Aver ne doch", säd Tante Miete, „he kiekt den na, de em sien'n Helm klaut hett." Un soveel Humor harr ik de ole Daam gar ni totruut.
Nastens hett he sien'n Helm wedderkregen. Darför hett he sien Loschie 'n beten achterbi kregen un ni mehr piel up 'n Barg. As ik na Jahren mal wedder dar weer, harrn em to Föten twee Korperalschaften Suldaten ehr Funkkastens upbuut. De eene weer vun Aarhus un de anner keem ut Rendsborg. Aver in de Wirtschaft baven up 'n Barg seet de däänsche Commander över de Manöverkarten, un bi em stünn sien Generalstabschef, en düütschen General. Wat meenst, wenn dat de ool Keerl sehn harr! Sien dree Haar harrn em piel in Enn stahn.
Nu wedder torüch to Ascheffel. Dar sall dat ok heilsame Quell'n geven in de Gemarkung, aver 'n „Bad" is Ascheffel darüm liekers noch ni worden. Aver darüm geev dat dor liekers jümmers 'n gauden Sluck to drinken, un wenn ok de Krögersch, de ool Mudder Greve, männichmal segg'n dee, dat se dat lever seh, wenn de jungen Lüüd tietig to Bett güng'n, so hebbt wi doch männich vergnöögte Nacht bi ehr dörchdanzt.
Aver ok dat weer nastens un erstmals hööl de Tog up den Bahnhoff vun Ascheffel. Ut de sünstige Bahnhoffswirtschaft kümmt Larm. Dar hebbt de Flüchtlinge 'n Osterhasenfabrik inricht, un nu, so kort vör Wiehnachten, is dor

Hochkonjunktur. Denn geiht de Fabriklarm ünner in dat Fleiten vun de Lokomotive, un de Tog tuckert wieter. Mank de Wieschen un Ellernbüüsch ward nu de Blick free up „Hüttenhoff", mien Ziel för hüüt.

En staatschen Hoff, „Hüttenhoff", sall eens 'n Ridderslott stahn hebb'n un is wull tohop'n mit de Kirch so 'n richtige „Wehrborg" west. Nu aver resideer „Tante Miete" dor, un bi ehr wull ik 'n Stellung as Wirtschafter antreden. Ik weer de sövenuntwindigste bi ehr vun düsse Art un bün mit Afstand an längsten bi ehr bleven.

Se weer 'n hartensgaude Fro, Tante Miete, as wi se nöm'n, aver se harr een groten Fehler. Se wull all Lüüd dat recht maken, un darmit verdärv se dat mi all. To xten mal heff ik sülven ehr den Deenst upseggt, aver wenn se denn vör mi stünn in ehr slohwittes Haar un mi mit ehr groten blauen Ogen truurig ankeek, denn bleev ik wedder. Ehr Noot harr se ok mit ehr Köökschen, de in de Regel keen vulle Wuch darbleven. Wenn denn sünnavends mal wedder 'n Kööksch in Sack haut harr, weer se alleen bi un hark den Gaarn. Ik güng denn hin un hölp ehr. „Na mien Jung", säd se denn, „wullt mi hölpen", un hark still wieter. Na 'n Wiel stütt se sik up ehrn Harkenstööl un säd to mi: „Wat meenst du, Jung, wüllt wi morgen wedder los un 'n Kööksch meden?" So karjuckeln wi denn Sünndag för Sünndag dörch de Hütt'ner Bargen, un ik lehr up de Art all de smucken Dörper kenn'n, as dar sünd to 'n Biespill Dam'ndörp, Osterby, Owslag, Brekendörp, Ahlefeld, Selk, Bistensee, Wittensee un Bünsdörp. Föhrn wi denn avends torüch, denn pleeg de ole Daam to segg'n: „Wat weer dat mal wedder 'n schön'n Dag hüüt. Wo schöön sünd doch uns Hütt'ner Bargen. Dat ist doch richti' uns lüttje Schweiz". Nastens denk ik männichmal, dat se blots ehr Köökschen lopen laten hett, darmit se 'n Grund harr, sünndaags dörch ehr Bargen to föhr'n. Dat all is nu al veertig Jahr her. De kommode Bahn tuckert al lang ni mehr dörch de Bargen. Darför gifft dat nu 'n Snellstraat, woneem de Autos man so langbrummt. De Osterhasenfabrik vun datomal gifft dat ok ni mehr, un de Flüchtlinge sünd woanners hintrocken. Aver de Dörper, vun de ik vertellt heff, de gifft dat noch ümmer, un se sünd eh'r noch smücker worden. Ja, de Hütt'ner Bargen, de sünd noch jüst so schöön as jümmers, un wenn en vun Skagen bit Hamborg un ok vun wieterhin tau mal 'n schönes Stück Eerd kenn'nlehrn will, denn bruukt he ni na Genf un ni na Davos, dat kann he in de Hütt'ner Bargen jüst so gaut hebb'n. Wo säd Tante Miete noch: Unse schöne lüttje Schweiz. Un se müß dat jo doch weten, denn se weer jo 'n Dochter vun de Hütt'ner Bargen.

Urlaubsprobleme

Seggt mal, hebbt ji ok al mal Urlaubsprobleme hatt? Ik meen, wenn ji bannig geern in Urlaub föhrn wüllt, Quarteer is bestellt, de Kuffers sünd packt, morgen sull dat losgahn, un weest du ni mit dien'n Köter wohin, or keen Minsch will up dien Katt passen. Or, wat noch leger is, dar kriggt doch een vun de Kinner jüst de Masseln. Dar hest du nu dat ganze Jahr di up den Urlaub freut un dartau spaart, un nu dat.
Lene Kruus un ehr Hannis, de harrn darmit överall nix to kregen. De Kinner weern groot un sorgen för sik sülven, un Hund un Katt or sünstiges lütt Veehwark, dar harrn se sik al lang vun afmaakt. Dar hebbt wi blots Arbeit vun, pleeg Lene to segg'n. Ja, un darüm kunn se nu denn ok unbesorgt in Urlaub föhrn. De beiden groten Begonien harr letz'n Sünndag Grete mit to Huus nahm'n, Grete weer Lene ehr Swiegerdochter, un up de Granien up den Balkon wull de Naversch mal 'n Oog smieten.

So kunn dat nu denn jo losgahn. Hannis bröch al de Kuffers na't Auto, un Lene güng noch mal dörch de Wahnung. De Finstern weern all tau, de Fernseher uttrocken... Ja, aver dar stünn se jo noch, Lene ehr „Fleißiges Lieschen". De harr Lene doch total vergeten. Grete weer wiet, un de Naversch, de kunn se darmit ni belästigen un överhaupt..., de Blaum bröök veel Pleeg. As lütt kröpeliges Dings harr Lene ehr mal schenkt kregen un ehr denn mit veel Möh upfött, bit se nu 'n wunnerschöne, prächtige Blaum worden weer. Ne, de kunn se ni so eenfach stahn laten. Denn bleev se lever sülven tohuus.
Mitlerwiel weer Hannis de Tiet lang worden, un he keem de Trepp wedder hoch, üm to sehn, wat Lene noch maken dee. Dar funn he sien Allerleevste mit hang'n Arms vör de Blaum stahn.
„Hannis", säd Lene, „bring de Kuffers wedder rup. Wi künnt ni föhrn. Ik heff mien Lieschen vergeten. De kann doch ni hier alleen blieven." „Lene, leve Fro", säd Hannis, „besinn di doch. Wi künnt doch ni wegen 'n Puttblaum uns'n Urlaub susen laten." „Hannis", anter Lene, „hest du ni Mittwoch in't Fernsehn hört, dat wegen 'n Sorgenkind de Öllern tein Jahr ni in Urlaub föhrt sünd? Un mien Lieschen, dat is mien Sorgenkind!" „Deern", säd Hannis to sien Fro, „Deern, du büst rein mall. Du versündigst di jo." Dar sett sik Lene in de Sofaeck un füng an to ror'n.
Hannis leet ehr. He kenn dat al. Denn kreeg he aver nochmal dat Prospekt ut de Tasch, worup he dat Quarteer besorgt harr. Eerst as he dat vörsichti' dörchleest harr, säd he to Lene: „Süh, mien Deern, hier steiht: Kinderfreundliche Pension, Hunde un andere Haustiere unerwünscht. Aver vun Puttblaum'n steiht hier nix. Worum nehmt wi Lieschen denn ni mit in Urlaub? Se kann doch gaut up 'n Achtersitz stahn." „Nee", säd Lene un wisch sik de Tra'n af, „ik nehm ehr lever up 'n Schoot. Wenn du mal kort brems'n deist,

kunn se ümfall'n un to Schaden kam'n." So föhr Lieschen mit in Urlaub. De Quarteersfro harr ok nix dagegen. Se bood sik sogar an, för Lieschen to sorgen, as Hannis un Lene mal 'n Dagesutfluch maken wull'n.
Na dree Wuchen kem'n se denn all wedder an de Kaat. As erstes stell Lene Lieschen wedder an ehrn ol'n Platz. „Kiek mal, Hannis", säd Lene, „Lieschen freut sik ok, dat se wedder tohus is. Se breet sik ornli'." Een Deel müch ik nu aver doch weten. Ob nächstes Jahr wull in Urlaubsprospekt to lesen is: Topfblumenfreundliche Pension.

Learn Languages

„Learn Languages", so stünn dat baven över en Övungsstück in mien Engelschbauk vun de Schaultiet her. Dar würd vertellt vun en'n jung'n Keerl, de in't Utland reist weer, aver de dorige Spraak ni verstünn. Dar he hungri' weer un wat eten wull, wies he eenfach mit 'n Finger up en Reeg vun de Spieskort. So kreeg he fief mal 'n Vörspies un toletzt 'n Bündel Tähnstocker. Ja, daran müß ik denken, as mien Fründ Fiete Klappsteen vun sien Reis vertell.
Wat Fiete un sien Fro weern, de harrn sik dat vörnahm'n hatt, dat se mal rup na Skagen wull'n, un dar dat Wedder beständi' schön weer, weern se denn vergang'n Week Friedag losföhrt. Se kem'n ok avends richti' in Skagen an, wo se in gaudes Hotel funn'n. Dat Eten weer veelerlei to 'n probeern, aver ni recht wat to'n Sattward'n. Fiete un sien Annelene weern dat liekers tofreden un güng'n eerstmal to Bett.
Den annern Morgen spazeern se na de Spitz vun de Halvinsel hin un seehen dar, wo de Nordsee un de Oostsee tohopenstöten deen. De Nordsee keem forsch un störmsch, de

Oostsee wat tutiger un bedächtiger. Se bekeken noch düt un dat, wat even dar baven to kiek'n weer. Denn möken se sik wedder up 'n Trüchweg, jümmers an de Westküst' vun Jütland lang.

Fiete un Annelene harrn veel to kieken, un so weern se, as dat Avend würd, noch ganz baven in Nurden vun Jütland. Doch, wat möök dat, 'n eenfachen, aver doch sauber un netten Kroog to 'n Nachtblieven fünn sik bald. Man schaad, dat de Kröger gar keen Düütsch verstünn un ok Fiete kuum Däänsch. Dat se 'n Stuuv hebb'n wullen, kunn he em bedüd'n, un ok, dat se eten hebb'n wullen . „Fischke?" fröög de Kröger. Fiete un Annelene harrn nix gegen Fisch un nick'n mit 'n Kopp. „Amenn gifft dat hier 'n beten rieklicher" meen Fiete, denn he weer nu doch meist hungeri' word'n. Erstan müß he aver noch sien Auto afstell'n för de Nacht.

Buten vör 'n Kroog weer jo 'n grot'n Marktplatz, un den kunn Fiete vun sien Fenster ut gaud översehn. He wull jüst sien Auto afslüten, dar seh he, dat de Kröger in de Döör stünn un radslöög mit de Arms. Darbi wies he ümmertau up dat Auto. Fiete schüttel mit 'n Kopp, denn steeg he wedder in un föhr 'n Stück wieter. Nu keem vun de anner Siet 'n Keerl anlopen, swadroneer in eens un wies ok up dat Auto. Fiete keek Anneleene an, se wüß ok ni. Dar föhr he nochmal 'n Stück wieter. Denn slööt he sien Auto af un güng rin. De beiden Dän'n trock'n mit de Schuller un güng'n ok weg. Wieldess harrn Fiete un Annelene sik in Gasstuuv dalsett, un Fiete mark, dat he Recht hatt harr, wat dat Eten anbedrööp. Dar stünn al 'n grote Kumm mit Kartüffelsalat up 'n Disch, un jüst bröch de Kröger 'n gewaltigen Teller mit Bütt rin. Fiete hau düchti rin, un ok Annelene lang tau. De Teller weer aver noch garni leer, dar bröch de Kröger al den tweten, jüst so groot as de eerste. De beiden deen wahrhafti' ehr Schüllichkeit, aver as de drütte Teller keem, dar müss'n se doch pass'n. De Kröger grifflachte un bröch de Fisch wedder rut.

Fiete un Annelene folgt'n de Hann' över 'n Buuk, aver nu keem de Krögersch mit Erdbeern un Sahne. Se keken sik an un keken de Erdbeern an. Pröven müssen se doch würkli' mal, aver denn kunn'n se ok gar ni mehr. Blots to Bett gahn kunn'n se noch.

Den annern Morgen weer al tietig 'n bannigen Larm up den Platz vör't Huus. Fiete dreih sik üm in't Bett, wat güng dat em an. Aver Annelene kunn 't ni laten. Se müß mal kieken. „Fiete, kumm gau mal", reep de ganz verbaast. As Fiete ut Finster keek, seh he, dat de ganze Platz vull ole Autos stünn un sien BMW dar meernmank. All de Lüüd bleven darbi stahn un fröögen wat, un de een Keerl wies denn jümmers na baven, na Fiete un Annelene ehr Finster. „Weeßt wat", säd Fiete to sien Fro un sprüng in de Büx, „dor is Gebruukswagenmarkt. Ik mutt uppassen, dat se mien Auto ni mit verkööpt." Denn stört he na ünner. Nastens, se weern al wedder över de Grenz, dar grifflachte Annelene up eenmal. „Du Fiete", säd se, „wüllt wi morgen wedder Bütt eten?" „Nee, nee, nee", anter Fiete, „de nächste Tiet eet ik bloots noch Spaghetti."

Enmal Tokio un wedder t'rüch

Wenn ener wat över Hannis Osbahr segg'n wull, ik meen den ol'n Hannis Osbahr, so weer blots vun em to vertell'n, dat he sien Leven lang düchtig arbeid harr un sik wahrhaftig ni veel Spaaß günnt harr. As he denn sien Hauf den Söhn övergeven wull, dar weer em sien Fro storven. So güng Hannis alleen up Olendeel. Dat heet, he arbeid wieter up de Buurstell, de nu sien Söhn tauhöörn dee. Blots dat he dat nu all 'n beten sinniger angahn leet. Un jeden Friedag güng he na sien Dochter na Büdelsdörp, un dor speel he denn jümmer Lotto. Man een Reeg dal un ohn veel Hoffnung up 'n Gewinn. Aver 'n lütt Vergnögen will de Minsch doch hebb'n.

So tipp he Wuch för Wuch un harr ninich ok blots mal 'n Dreer. Aver mal eens, dar harr he söß Richtige. Dat geev nu jo 'n bannigen Upstand in dat Olendeelshuus in Groot-Wittensee, aver hier mutt ik nu Hannis sien Kinner löven. Se full'n ni över em her as de Aasgeier, un as de Swiegerdochter meen, Vadder harr jo sien Leven lang blots arbeid, he sull sik man nu eerstmal 'n schöne Reis günn'n, dar plich'n de annern Kinner ehr bi.

As Hannis denn nastens alleen weer un sik de Saak dörch 'n Kopp gahn leet, funn he mehr un mehr Gefall'n an den Vörslag, un toletz greep he sik den Schaulatlas, de noch vun sien Dochter her in't Huus weer. Ja, hier weer Paris. Dor harr Hannis al jümmers mal hin wullt.

Aver denn meen he, dat he för de Freuden vun Paris doch al to oolt weer. Vör Moskau harr he in 'n Krieg över 'n Jahr in de Schiet legen. Dar harr he de Nees vun vull. Un Rom, wi weer dat? „Ach nee", säd Hannis to sik sülven, „mank all de Pilgers rümtobiestern, de den ol'n Vadder Johann-Paul de Tüchtüffeln küssen wüllt, dat is nix för mi. Aver Tokio! Dor will ik hin", säd Hannis un klapp den Atlas tau. Denn pack he sien Kuffer.

Den annern Morgen stünn he an de Bushaltestell in Groot-Wittensee un tööv up den Bus. „Enmal Tokio un torüch", säd Hannis, as he insteeg. „Wat harrst du seggt?" fröög de Busfahrer verwunnert. „Enmal Tokio un wedder torüch", wedderhaal Hannis sik. „Ik will jo ni glöven", meen de Fahrer, „dat du hüüt morgen al duun büst, aver wenn du würkli na Tokio wullt, so bün ik gar ni darup inricht. Fahrgäst, de na Tokio wüllt, heff ik so faken ni. Aver föhr man

erstmal mit mi na Rendsborg un bring dien Gewarv dor up 'n Bahnhoff an."
De Bahnhoffsvörsteher in Rendsborg sett erstmal sien Deenstmütz up, as Hannis sien Begehr anbröch'. Denn bläder he 'n Tietlang in sien Vörschriften, aver Tokio weer dar ni mank, un he geev Hannis den Raat, man eerst mal na Kiel to föhrn. Dar harrn se sach mehr Möglichkeiten. In Kiel weer dat aver ni veel anners. De Stellenvörsteher treden tohopen, aver keeneen wüß Raat, bit 'n Lehrjung up de geniale Idee keem, Hannis na 'n Flughafen Fuhlsbüttel to schicken. Dor kreeg he denn ok würkli 'n Fahrkort, ik meen 'n Flugschien na Tokio, blots dat he noch in Frankfurt ümstiegen müß.
In Tokio würd Hannis denn heel fründli' upnahm'n un överall rümwiest, so dat de dree Wuchen Tokio bannig gau vergüng'n. Vör de T'rüchreis gruu Hannis so 'n beten. Sull de Zenover noch mal losgahn. Aver eens Morgens stünn he doch up den Tokioer Flughafen vör so 'n lütten Japaner un vertell em, dat he sik dree Wuchen lang Tokio besehn harr, dat he nu aver wedder torüch müß na Wittensee, denn dor güng in de nächsten Daag dat Rogg'ndöschen los. De Japaner speel so 'n beten mit sien Kompjuter, denn fröög he: „Wollen Sie einen Flugschein nach Groß-Wittensee oder nach Klein-Wittensee?" Dar nöhm Hannis vör den lütten Japaner sien'n Haut af un säd: „Na Groot-Wittensee!"

Laudatio up 'n Kökendisch

Dar leeg he nu, mien'n schöön'n Kökendisch, in dusend Stücken an Fautborren. De Uttreckbreed steken de Föhrungsschien'n piel in Enn, as wull'n se böverwarts Anklaag heven gegen dat Unbill, wat ehr hier wedderfahrn weer. De blanken Dischbeen keken ünner den Trümmerhupen verschaamt rut, as wull'n se üm Vergevung beden, dat se ja wull Schuld harrn to dat Malheur, jem dat aver leed daun dee. De hölten Dischplatt aver leeg baven up, jüst so as wull se as en gaude Mudder de Undöög vun ehr Kinner mit den „Mantel der Liebe" taudecken. „Schimp man ni", säd se to mi, „dat dat nu so kam' is, denn de Been sünd mit de Tiet 'n beten wackeli' worden. Avers eens mutt ik di noch segg'n, wat dien Gerd is, dien'n lütten Jung, de hett ok männich mal bannig up mi rümrangelt. Schimp aver ok em ni ut, denn he is jo doch noch 'n lütten Jung, un ik mach em bannig gern lieden. He hett jo doch ok jümmers up mi legen, as he noch af un an 'n frische Windel kreeg." Ja, aver wat nütz dat Schimpen, wat nütz dat Nischimpen? De Disch weer twei.

Un darbi weer dat so gaud anfung'n. „Seh doch eenmal", säd mien Fro, „wat 'n smucken Disch dat is. Dat is doch 'n Zierde för de ganze Köök. Un malt ward'n bruukt he ok ni. De Been sünd ut blank Metall. De bruuk ik blots vun Tiet to Tiet mal putzen. Seh mal, wo praktisch he is. Nu is dat man 'n ganz lütten Disch un nimmt kuum Platz weg, un wi beiden, du un ik, wi künnt ganz bequeem daran Meddag eten. Un wenn de Kinner mal kaamt, seh mal hier, denn künnt wi em uttrecken. Ja, un wenn uns Kinner eens Kinner kriegt, denn künnt wi noch mal uttrecken". „Ja, du hest wull Recht, aver wat is", so dacht ik, „wenn se glieks dat halve Dutzend vullmaakt."

Aver erstan seten se ni an Disch, se legen up 'n Disch un würden wickelt. Schaffst di jo för dien Enkel ni foorts Wikkelkommood an. De Disch möök all'ns mit, ok as de Jungs gröter würd'n un up den Disch rümturnten. Blots dat he mit de Tiet 'n beten wackeli' up de Been würd. Etendisch, Wickeldisch un noch Ersatz för 'n Turnpeerd, dat hölt de beste Kökendisch ni ut. He is ok doch man 'n Disch.

Ik tröck de Schruven an, dreih de Muddern fast, dat nütz all nix. De Disch bleev wackeli'. As ik aver 'n Snuut trock, weer mi meist, as wenn he segg'n dee: „Büst du ni okmal 'n forsch'n jung'n Keerl west? Un nu büst du oolt un kröpeli'. Meenst du, mi geiht dat anners? Wi ward even all mal oolt. Dat is bi mi ni anners." „Hest jo Recht", anter ik, „aver 'n bet'n an de Siet schuven mutt ik di doch." „Laat dat sien!" reep de Disch, „ik kann so 'n Geschuuv ni mehr verdregen", un dar füll he ok all in sik tohopen.
Dar leeg he nu, uns schöne Disch. „Kannst du em heelmaken?", fröög mien Fro. „Ne", anter ik, „ik kann em 'n Laudatio schrieven, aver heelmaken, dat heff ik ni lehrt." So reep ik denn de Dischers an. Bi Nr. 1 weer bloots de Fro tohuus. „Mien Mann is up Montage un kümmt eerst in veer Wuchen trüch", säd se. Nr. 2 fröög: „Hebbt Se den Disch bi mi köfft? – sünst kann ik em ni maken." So reep ik Nr. 3 an. Dor harr ik em köfft. Aver Nr. 3 säd, dat he blots Möbel verköpen dee. Heelmaken dee he keen. Un so ähnli' güng dat wieter, bit ik all de Dischers in 't Telefonbauk dörch harr.
Un mien Disch, veelmehr, wat mal mien schöön'n Kökendisch west weer, leeg ümmer noch an Fautborren. Twee Millionen Arbeitslose, un keeneen maakt mien Disch wedder heel. „Denn mööt wi uns 'n nee'n Disch köpen", meen mien Fro truurig. Dar güng de Wahnungsklingel. „Hallo", reep ik, „wer is dar?" „Ik bün Discher", anter mi 'n fründliche Stimm, „un wull man mal rümfragen, ob Se wat an Möbel twei harrn?" „Kaamt Se rup", reep ik, „Se schickt mi de Heven."
Nu steiht he wedder dar, mien Disch, so schöön un so fast as eh un je. Noch mal wedder för fofftein Jahr. Aver de Adress vun den Discher, de heff ik mi upschreven.

Hein Wohlers un de Bookwetenklümp

Bookwetenklümp is 'n fein Eten. Dat smeckt gaud, hölt vör, un dar weiht de Wind ni dörch. Aver Bookwetenklümp kaken is ni se eenfach tau. De Huusfro, de dat kann, de is 'n gaude Huusfro. En, de dat ni kann, de is noch lang ni 'n slechte Huusfro. Dat weet de Lüüd vun de holsteensche Geest recht gaud, un se weet ok, dat Bookwetenklümp minnigmal heel taag sünd.
Hein Wohlers müch keen Bookwetenklümp. Dat weer ok gegen sien'n Stolz, denn Bookwetenklümp, dat weer na sien Men'n wat för Heithöllers. He avers weer ut de Probstee. Da würden Wetenklümp kaakt, un wat Hein Wohlers sien Lene weer, de kunn jem bannig gaud kaken. Bookwetenklümp, de müch he ni. Aver liekers sull'n em Bookwetenklümp eenes Daags to 'n Verhängnis ward'n. Jedenfalls säd dat nastens Gustav Lustig, wat Hein Wohlers sien'n Lehrjung weer.
He weer nämli' Smitt in Sintjensdörp, un keeneen kunn segg'n, dat he sien Smeed ni in de Reeg harr. He weer 'n staatsch'n Keerl, Hein Wohlers, un wenn he lang de Dörpstraat güng, denn keken de jung'n Deerns sik na em üm. Nastens stöten se sik an un hucheln, as dat bi junge Deerns so Mood is. Aver avends, wenn Hein in de Stuuv sitten dee un de Zitter speel, denn sliekern se sik achter sien Finster un reckten ehrn Hals. Aver Bookwetenklümp müch Hein Wohlers ni.
Tweemal de Wuch föhr he na Kiel. In „Reimers-Automaten-Cafe" weer'n datomal för blots 'n paar Gruschen wunnerbare Saken ut de Wand to trecken, un dat dee he ok bannig geern. Nu sall kener denken, Hein weer 'n Levemann, de blots to siene Verlustigung na Kiel föhr'n dee. Oh, wiet gefehlt! De Reis'n na Kiel weern geschäftli', un wenn he nastens bi Reimers den Sack taubunn, denn harr he dar ok

67

düchtig wat in. Wenn he an so en'n Dag sien Fahrrad bi sien'n Smittkollegen Fiede Meier in Dietrichsdörp afstellt harr, sett he mit de blaue Damperlien na Kiel över un leep dor all de Schrottkeerls af, üm Ooliesen uptoköpen, wat he noch in sien Smeed bruken kunn. Sien'n öllsten Lehrjung müß mit 'n Fuhrwark nakam'n. Weer denn allens uplaad, de Jung ünnerwegens to Huus, dat heet, de müß rund üm de Kipp rümföhrn, denn Fuhrwark nöhm de blau Lien ni mit, denn güng Hein Wohlers na „Reimers", wo he sik mit Botterbrööd versorgen dee, un wieldes he de vertehr, beobacht he dat Leven un Drieven up de Holstenstraat.

Dat heet, ok de Lehrjung föhr ni in eens to Huus. Bi „Kruppsche Bierhallen" bunn he sien Peerd an Pahl un leet sik to Bodderbroot 'n halven Liter geven. Eenes Daags weer Hein Wohlers ok wedder na Kiel föhrt un harr sik 'n schöne Ladung Iesen tohopen köfft. Nu seet he, as jümmers na so 'n Dag, bi Reimers un dacht an nix Böses. Ok de Lehrjung harr sik al sien'n halven Liter to Bost stött un weer nu mit Pächter Salomo sien' Brunen vör 'n Wagen, 'n egen Peerd harr Hein ni, endgültig up 'n Nahuusweg.

Wat Fiede Meier, Hein Wohlers sien Smittkolleg weer, ut Dietrichsdörp, de seet üm düsse Tiet jüst an Meddagsdisch un eet Bookwetenklümp. He stamm vun de Geest un müch geern Bookwetenklümp, besonners mit utbraad Speck un Stickelbeersauß dartau. Man schaad, dat sien Tine so gar ni den Tog darup harr, Bookwetenklümp to maken. Darüm weern se ok mennigmal bannig hart.

Dat weer ok hüüt so, un wieldes he up den tagen Klümp rümkau'n dee, keek he gedankenverlor'n ut Finster, as he Hein Wohlers sien Fuhrwark kam'n seh. An sik weern he un Hein Wohlers ganz gaude Frünn, doch wenn he an all dat schöne Iesen dach, wat de sik so Wuch för Wuch tohopen köpen dee, denn würd he doch so'n beten avgünsti'.

Dat harr he ok in sien egen Smeed gaud bruken kunnt, aver hanneln, dat leeg em nu mal ni.

Wieldes dat Fuhrwark nu an dat apen Finster vörbirötern dee, wull Fiede jüst 'n Klümp dörchsnieden. Aver wie geseggt, de Klümp weern hüüt bannig taag. Dat Messer glipp af, un de Klümp flöög dörch dat apen Finster na buten, Pächter Salomo sien'n Brunen jüst vör 'n Kopp. De Bruun stöhn noch mal deep up, denn füll he üm un weer doot. So jedenfalls hett nastens Gustav Lustig dat vertellt.

Tierarzt Wehling, den se gau ropen harrn, säd allerdings, dat dat all Tüünkraam weer un dat de Bruun 'n Hartslag kregen harr. Gustav Lustig bestünn aver up sien Utsegg. He wies up de lütt Dell, de de Bruun vör 'n Kopp haar, wo em de Klümp angebli' drapen harr. Dr. Wehling säd, dat dat Alterserscheinungen weern, wat wedderüm Pächter Salomo ni weten wull. Dat geev jedenfalls 'n gruwelligen Striet. Möglicherwies harrn se all Recht. Ik meen, dat de Bruun, as he den Klümp vör 'n Kopp kreeg, sik dermaten verjaagt hett, dat he daröver 'n Hartslag kregen hett.

As Hein Wohlers nastens bi 'n lates Meddageten seet, säd he to sien Fro: „Lene, wat kann dörch so 'n Bookwetenklümp blots för Elend entstahn. Kaak du man jümmers Wetenklümp. Wi Probster weet, wat gaud un richtig is."

Dat Liefgericht

„Nun sagt mir alle einmal, welches euer Leibgericht ist", säd Ökonomierat Conradi to siene Ünnerklass. Dat weer hüüt de erste Stünn vun't Wintersemester, un he wull mit de Jungs, dat heet, mit den „Jung'n Lüüd", as se sik nömen, 'n beten warm ward'n. Ut ganz Schleswig-Holsteen kem'n datomal de Buurjung's na Hohenwestedt, üm bi Conradi de Landwirtschaftsschaul to maken. Darüm weer de Fraag na dat Liefgericht ok gar ni so uneven, denn dat dat Eten un Drinken in de eenzelnen Landschaften heel verschieden vun eenanner is, dat weet wull en jeder.

De jung'n Lüüd vertell'n nu ok en na 'n annern, wat se am leevsten müchen. „Mehlbüdel", säd Boje Jansen, de in Dithmarschen tohuus weer. Dat „Bookwetenpannkauken mit Bickbeern" dat allerbest weer, meen Thies Cassen ut Niendörp. „Nee", säd Broder Brodersen ut Langenhorn, „dat Best sünd Gruven in Rotwien, kaakt mit Schinken, up Wittbroot geven, so as dat bi uns Mood is." Den jung'n Lüüd weern jo doch all in dat Öller, wo Eten un Drinken smekken deit. So weern se denn ok bannig bi de Saak, as över gaude Gerichten snackt würd.

Conradi güng vör de Klass langsam up un af. He höög sik över den Iever vun de Jung'ns. Amenn kunn dat ok 'n Hinwies sien, wohin he den taukam'n Sommer sien Deenstreis maken kunn.

Nu weer Claas Negenbrod an de Reeg. „Frisch' Supp", säd Claas un sett sik wedder dal. Conradi bleev batz stahn un keek den Jung ganz verwunnert an. Denn gung he langsam up Claas tau un säd: „Ut wat för 'n Gegend kam'n Se denn her, mien Jung?" Mitleed stünn up sien Gesicht, as he wieter frög: „Mutt ehr leve Mudder denn jümmers mit to Feld, so dat se för de ganze Wuch in Vörut kaken mutt?"

Nu weer dat an Claas, verwunnert to kieken. Wat tüünt de Keerl dar, dacht he. Sien Mudder sull jeden Dag mit to Feld gahn un för de ganze Wuch in Vörut kaken? „Ik bün vun de Borsholmer Kat, un mien Mudder geiht ni nich mit to Feld", säd Claas denn. „Dat is bi uns ni Mood. Ok de Drördeern un de Daglöhnerfro ni. Blots de Deenstdeerns mööt mennigmal mit, so as bi 't Heu or de Röven un Kartüffeln." Denn güng Claas aver 'n Licht up. Amenn weet de Keerl gar ni, wat „Frisch Supp' is", dacht he. Denn keek he Conradi

driest an un fröög: „Dörf ik Se mal verklaren, wat „Frisch Supp' is?", un de nick em tau.
„Frisch Supp", so fung Claas an, „heet so, wiel se up frisch' Rindfleesch kaakt is. Kaamt aver ok Suppenhöhner mit rin. Woveel Höhner un woveel Rindfleesch, dat hingt darvun af, woveel Lüüd to Disch sünd. In de Supp hört Fleeschklümp, Swemmklümp un Brootklümp. Dat Höhnerfleesch gifft dat denn nastens mit Spargelfrikasee un Botterdeegstücken. Toletzt gifft dat dat Rindfleesch mit Kartüffeln, Booterschü un Plumm'n. To all dree Gericht' gifft dat Ries un Maireddichmaus. Kaakt ward Frisch Supp to hoge Familienfest'n, or wenn sik 'n besonnern Gast anseggt hett."
Claas sett sik wedder, un Conradi fung 'n anner Thema an. As de jung'n Lüüd nastens bi ehr Quarteerslüüd an Möddaagsdisch seten, befaten se sik mit dat, wat hüüt up 'n Disch stünn, un harrn dat Liefgericht lang vergeten. Anners Conradi! Em güng dat jümmers noch in Kopp herüm. Hüüt harr de Lehrer 'n barg lehrt. He stamm ni ut Sleswig-Holsteen un kenn darüm ok de Art un Wies ni. Sien Fro geev em 'n Teller mit Pellkartüffeln un Speckstipp röver, un he sülvst trock sik 'n solten Hering vun de Graden. He keek den Hering lang an, bevör he em eten dee. Denn säd he to sien Fro: „Över Sommer maak ik mien Deenstreis na de Borsholmer Kant. Ik mutt dar aver vörher anmell'n."

De „Schnellkochtopf"

„Fröher", so säd de ool Franz Meyer, „dar geev dat all so'n appeltwatsch'n Kraam ni, un wi kem'n ohn all dat veel beter togang." „Aver, aver", meen sien Dischnaver August Steffen, „dat hett doch in de letz'n twintig Jahr so veel geven, wat wi ni wedder missen müch'n." „Ach wat", anter Franz,

„dat giff jümmers wat Nee's, aver ni faken wat Gaudes. Wenn ik blots mal an de Froonslüüd denken dau. All'ns geiht up Arbeit. De Mannlüüd künnt ni mehr noog ranbring'n, un darüm mööt de Froons mit ran. Wat mien Fro weer, de harr dat ni nödi. Ik kunn mien Fro un Kinner alleen ernährn."
„Ja du", anter em August, „du harrst jo ok as Ingeneur den richtigen Post'n. Aver wo weer dat mit den ‚Lütt'n Mann', den Arbeitsmann." „Dar weer dat ni anners", füll Franz em in de Reed. „De Froonslüüd höl'n Huus un Gaarn in de Reeg un paß'n up de Kinner. Wenn dat Geld denn ni lang'n dee, denn mök'n de Mannslüüd Överstünn, un de Froons bröchen jem, mit 'n witte stärkte Schört vör, middaags dat Eten."
To de Froons, de ehr Mannslüüd dat Eten an't Door bröcht'n, harr ok de ool Mudder Vollstedt hört, aver 'n witt Schört harr se ni darbi vör hatt, un wenn ehr Willem ok keen Överstünn utslagen harr, so lang dat Geld doch jümmers ni. Söven Kinner sull'n man satt ward'n, un övern Lief müssen se ok wat hebb'n. Darüm müß Lene Vollstedt jümmer düchti' mitverdeen'n. Am leevsten müch se, wenn de Buurfroons ehr ansegg'n deen. Dor kunn se ehr Göörn mit hinnehm'n, un to Eten kregen se ok wat. Af un an kunn'n de Grot'n ok mit hölpen un bröch'n denn 'n eegen Gruschen to Huus. Dat sall jo nu ni mehr sien, aver Lene ehr Kinner, de hett dat ni schaad't. De sünd all wat word'n.
Blots Lene, de wahn noch ümmer in de ool Kaat an Weg na Rickstedt. Dat weer fröher ganz paßli' weßt. För Willem weer dat man 'n lütt Radtuur na sien Wark un för Lene dat ni wiet na de Rickstedter Buurn. Mit de Jahrn weer de Kaat avers jümmers wackeliger worden. Ehr Klümp un Kartüff'ln müß Lene mit Holt un Busch gar kak'n, un avends steek se de Petroleumlamp an, denn Strom geev dat in ehr Kaat ni. Lene weer dat aver so tofreden, denn se harr dat nie

nich anners kenn'nlehrt. Wat nu aver ehr söven Kinner angüng, so kunn en vun de absolut ni segg'n, dat 'n ool Mudder wull söven Kinner groot maken kann, ni aver söven Kinner 'n ool Mudder to End bring'n künnt. Nee, Lene ehr Söven, de leten ehr ool Mudder ni alleen. Aver so faken se ok kem'n, dat Lene noch jümmers in de oll Kaat huken dee, dat paß ehr all ni, un jedesmal versöchen se ehr dar ruttosnack'n. Lene wehr sik mit Hann'n un Fööt, as aver de Stadt up 'n Norderbrook de smucken nee'n Hüser bo'n leet, dar leet se sik breetslag'n.

Dat weern ehr Kinner jo nu heel tofreeden un leden bi't Plück'n all mit Hand an. De Döchter wiesen Lene denn ok, wodennig se mit den nee'n Elektroherd trech kam'n sull, denn mit Holt un Busch weer dat in de nee Wahnung vörbi. Toletz' keem de jüngste Dochter noch mit 'n „Schnellkochtopf" an. „Wenn du dat mal ielig hest Mudder", säd se. Dat weer gar ni so licht vör Lene in de Stadt klaartokam'n, wo se dat doch up 'n Lan'n gewennt weer.

Hüüt harr Richard sik anseggt, Lene ehrn tweten. Dar se dat hild harr, nöhm se den nee'n „Schnellkochtopf". Aver ob se dat doch ni richti' maakt harr? Dat Diert güng jo to Knast, as wenn he allens vun Dagen bring'n wull. Dat röter un piep un knarr. Oh Gott, oh Gott!, dacht Lene. Dat Dings, dat geiht jawull in de Luft. Oh, dat ganze Huus geiht amenn in de Luft. Dar nöhm Lene gau ehr Ümslagdauk un lööp un lööp, bit se an 'n Rickstedter Weg weer un denn den Weg lang, bit se an ehr ool Kaat keem. Aver de Döör weer tau un de Finstern mit Breed taunagelt. Dar sett se sik up den Steen, up den se vördem jümmers seten harr to Kartüffeln schell'n, un leet de Hann'n hing'n. So dreep ehr Klaas Rickmers, de de Kaat tau hööm dee, woneem Lene in wahnt harr. „Lene", fröög he, „wat maakst du denn hier?" „De Pott, dat Huus, in de Luft flagen", stammer Lene. Dar nöhm Klaas ehr in sien Auto un föhr ehr to Huus. As Richard nastens keem, pack Lene den Pott jüst wedder in sien Kasten. „Wat maakst du denn mit Lisbeth ehrn Pott, Muddern?", fröög he. „Dat gifft jümmers wat Nee's, mien Jung", anter Lene, „aver ni ümmer is dat ok wat Gaudes." Denn pack se den Kasten in Klederschapp, noch ünner ehr'n Willem sien Chapoklapp, bi all de Saken, de se ni mehr bruken dee.

Hebbt de Höhner Aarnbeer?

Anna Tietgen, wat de Grootdeern up 'n Brinkenhoff weer, möök de letzt'n Sleufen an de Harkkroon fast. „So", säd se to den Grootknecht, „düt weer dat letzte Föhr, dat wi düt Jahr laad hebbt". „Na, Jan-Chrischan", wenn se sik denn an den lütten Jung, de neffen den halvvull'n Aarnwagen stünn un ehr bi't Binn'n vun de Aarnkroon taukeken harr, „wüllt du un dien Oma mit uns föhrn? Denn jump up." „Nee, Anna", anter Oma för Jan-Chrischan, „laat uns beiden man to Faut achteran gahn. Aver de Hark künnt je al mitnehm'n" Darmit reck se de Deern de Hungerhark up 'n Wagen rup.

Wenn de Aarn up 'n Rest gung, denn pleeg de ool Buurfru sülvst de Hark to nehmen, darmit so weni' as mögli' ümkam'n dee. Jan-Chrischan weer hüüt mitkam'n, üm ehr to hölpen, hauptsächli' aver, üm darbitosien, wenn dat letzte Föhr upstaakt würd. As nu de Grootknecht in forschen Schritt vun de Koppel den Hoff tauföhr'n dee, güng'n Jan-Chrischan un sien Oma langsam achteran.

De Wagen hööl up den Hoffstell an, un de Grootknecht övergeev de Aarnkroon den Buurn, mit en'n korten ol'n Riemel. De Buur nöhm de Kroon in de Hand un säd, dat he den Hergott för de gaude Aarn danken dee, hüüt aver ok sien Lüüd danken wull, för all de Arbeit, de se in de Aarn för em un den Hoff daan harrn. Denn geev he de Kroon den Grootknecht wedder, de ehr nu ünner de Grootdöör uphängen dee. Wieldes weer ok de Fru dartaukam'n. Dar würd nu 'n Snaps inschenkt, un de Fru säd, dat se all, de bi den Aarn holpen harrn, hüütavend to 'n Buddel Beer un 'n gaudes Avendbroot inladen dee. As nu de Lüüd all vörlöpig wedder an ehr Arbeit gahn weern, nöhm Oma ehrn Jan-Chrischan bi de Hand un güng mit em achtert Huus, wo se de Höhner dat Sammelkorn geven wull, dat se vun 'n Fel'n mitbröcht harr. „Oma", fröög Jan-Chrischan, „is hüüt Erntedankfest?" „Nee mien Jung", anter Oma, „Erntedankfest is eerst Sünndag in dree Wuchen. Denn spannt wi de Kutsch an un föhrt all to Kirch. Hüüt is Aarnbeer. Dar bedankt sik dien Vadder un Mudder bi ehr Aarnhölpers." „Un warüm mööt se denn Beer drinken?" fröög de Jung wieter. „Ja", säd Oma, „all de Stoff un de Sveet vun de Aarn mutt mit 'n gauden Buddel Beer dalspöölt ward'n." „Ik mag aver keen Beer!" reep Jan-Chrischan. „Du bruukst ok keen drinken", säd Oma. „Du kriggst sach Saft to drinken. Jeden wat he mag."

Up 'n Höhnerhoff stünn 'n Schoof Höhner üm den Watertroog. „Oma", fröög Jan-Chrischan, „worüm kiekt de Höhner jümmers na baven, wenn se drunken hebbt?" Oma överlegg 'n Ogenblick, wat se den Lütten segg'n sull. Denn anter se: „Se dankt den leven Gott för dat Water." Jan-Chrischan keek 'n Stoot vör sik hin. Anschien'nd weer em wat unklaar. Denn aver strahl he övert ganze Gesicht. Jüst as en, de wat wichtiges för de ganze Minschheit utfünnig maakt hett. „Oma", reep Jan-Chrischan, „de Höhner hebbt Aarnbeer un Erntedankfest an en'n Dag!" Un dar wüß Oma nix up to segg'n.

En richtigen Buurhoff

Liesen surr de Motor. An düt'n herrlich'n Sünndagmorgen in März föhr Dr. Born dörch unser schönes Land. Blang em seet sien Vadder, un twischen de beiden stünn Chrischan, wat Dr. Born sien'n ölsten Jung weer. Dat heet, rechtli' sull he achtern sitten, aver so kunn he jo doch veel beter sehn. Segg'n deen se all dree ni veel, aver darüm kieken se üm so mehr. Blots dat de Lütt männichmal ropen dee, wenn se an 'n besonners smuck'n Buurhoff vörbikem'n, wo womögli ok noch Veeh to sehn weer. Na 'n Wiel säd Dr. Born to sien'n Vadder: „Chrischan müß ingli mal 'n richtigen Buurhoff to sehn kreg'n!" De dach 'n Ogenblick na. Denn säd he: „Ik kunn em jo mal mitnehm'n na mien'n Ernst-Vedder."

Hüüt würd darvun ni mehr snackt, aber Opa, ik meen Chrischan sien'n Opa, vergeet dat ni. As dat Sommer würd, reis Chrischan mit sien Opa un Oma na Unkel Ernst, wat Opa sien Mudder-Broder-Söhn weer un de 'n groten Buurhoff harr. Bi Unkel Ernst un Tante Ingrid würden se ok heel fründli' upnahm'n, un de Enkelkinner nähm'n Chrischan foorts'n mit to 'n Spel'n. Opa wunner dat ni, denn so weer dat al west, as he sülvst noch 'n lütt'n Jung west weer un sien Oma un Opa besöcht harr. Na 'n Wiel keem Chrischan doch wedder bi sien'n Opa an. He sett sik up sien Knee un legg em den Kopp an de Schuller. „Na, Chrischan", säd Opa, „magst garni' mehr spel'n?" „Do-och", anter Chrischan, aver denn luster he sien Opa in't Ohr: „Opa, ik sull doch noch 'n richtigen Buurhoff sehn!" Unkel Ernst grifflachte, güng aber glick mit jem los.

Aver kiek an, överall wo se kem'n, weern blots Swien, nix as Swien to sehn. Weern wull an de dusend Stück. Blots in den en'n Schuppen stünn'n de Meihdöscher un twee Treckers. Unkel vertell denn ok, dat he de Peer al vör mehr als twindig Jahr afschafft harr. Höhner un sünst Fedderveeh harrn se ok al lang ni mehr, un vör gaud 'n Jahrstiet harrn denn ok de Köh daran glöven müßt. Chrischan faat sien'n Opa an de Hand, un en kunn ni weten, ob dat wegen de Löperswien weer, de jüst anstuven kem'n, or ob he nadenken dee, wat ok vörkeem.

As se denn nastens wedder tohuus weern un Opa Chrischan Goot Nacht segg'n dee, wobi he mehrstens noch jümmers wat vertell'n müß, säd Chrischan: „Opa, as du noch 'n jung'n Keerl weerst, dar büst du doch bi Unkel Ernst sien'n Vadder west! Vertell doch mal, wo dat dartomal weer."
„Dartomal", füng Opa an to vertell'n, „harrn wi tietwies acht Arbeitspeer. Dartau köm'n freeli noch de Fahlen. Wie harrn denn jeder veer Peer to versorgen, dat heet, to futtern un to putzen. Bi't Putzen müssen wi achter jeden Peerd twölv Streek maken, dat heet, twölv mal de Striegel utkloppen. Bi't tau Klock söß keem de Buur in Stall un keek tau, ob wi ok genog rünnerhaalt harrn. Meister Hagen, wat de Smitt weer in Dörp, wull uns mal 'n gud'n Raat geven un meen, dat wi man mal mit de Striegel an de Kalkwand schrapen sull'n. Denn harrn wi nasten 'n schön'n Streek. Man schaad, dat Unkel den Trick ok al kenn'n dee. Na 'n Kaffee reden wi denn to Feld, mitünner jeder mit veer Peer. Rindveeh harrn wi an de sößtig bit söventig Stück, wovun gaud dörtig Melkenköh weern. Aver mit Rindveeh harrn wi nix to daun. Dat möök de Schweizer. Bi't Rindveeh to arbeit'n, dat güng dartomal 'n Holstener Buurjung gegen de Ehr. Swien würden blots so veel mast, as för de egen Huushol'n bruukt würd'n, fief bit söß Stück, so twüschen dreehunnertföfftig un fiefhunnert Pund hakenrein. Aber vun dat leve Fedderveeh weer riekli dar, Höhner, Göös un Enten. Eier würd'n jümmers bruukt, un womit sull'n sünst de Betten stoppt ward'n, wenn ni mit Gausfedder? Meihdöschers geev dat noch ni. Dat Koorn würd in de Schüün in-

föhrt un denn nastens winterdaags afdöscht. Wenn denn dat Koorn levert würd, bröchen wi glieks mit, wat de Huusfro över Winter an Mehl, Zucker, Grütt usw. bruken dee. Ja mien Jung", slööt Opa sien Vertell', "so 'n richtigen Buurhoff, de kunn fröher 'n ganze Tiet alleen leven".
Chrischan harr still tauhöört, un as Opa nu sweeg, dach he 'n Tietlang na. Denn säd he: "Opa, ik will nastens ok 'n Peerd hebb'n. Dat putz ik denn jümmers sülven. Jeden Dag twölv Streek." Denn dreih he sik üm un slööp fast in.

Chrischan

Gewiß heff ik Speelkollegen hatt, as ik noch 'n Jung weer, so vun veer-fief Jahr. Aver mien besten Fründ, dat weer anners een. So in de ersten Oktoberdagen, denn säd mien Vadder eenesdaags to sien Lüüd: "So, hüüt wüllt wi de Köh anbinn." Dat weer schön, denn nu keem he bald, mien Chrischan, mien allerbesten Fründ.
Chrischan, dat weer uns Futtermeister. Un he keem ok. Eenes Namöddags torkel he in Zickzack de Hoffstell rup. Dat müß so sien, denn he sull jo noch, ehr he bi uns keem, gau all dat Geld verdrinken, dat he den Sommer över up Augustenhoff verdeent harr. Nu keem he aver, un Mudder treed in de Döör, üm em to begröten, wat se sünst bi anner Deensten afsolut ni dee. "Fru", säd Chrischan, as he in de Döör rin keem, "ik bün 'n bet'n duun, aver dat maakt nix." Denn kreeg he mi to sehn, un de Tran'n lepen em de Bakken hindal. "Dar is jo mien Jung", säd he un straak mi de Backen. "Wullt uns nastens 'n barg vertell'n." Nu nödig' Mudder em an Kökendisch dal. De Mamsell bröch schönes wittes Broot, Bodder, Kees un vun de gaude Mettwust. Allens sett se vör Chrischan hin un schenk em Kaffee in. Mudder aver sett sik em gegenöver un sneed em Broot. Chri-

schan eet un drunk; darbi vertell he vun Gott un de Welt. Den annern Morgen harr Chrischan sien Duunas utslapen, un dat begünn 'n scharp Regiment. He sorg för Ordnung in Kauhstall un Deel un dat de Köh richti' ehr Fudder kregen. Sluserie geev dat bi em ni. Wenn 'n reisenden Monarch üm Nachblieven fröög, so hung dat vun Chrischan af, ob he in't Stroh krupen kunn or ob he wieterreisen müß. Aver mi säd he keen böös Woort un harr ok jümmer Tiet för mi. Wenn ik morgens Kaffee drunken harr, denn leep ik rut na Chrischan un keek em bi't Köhputzen tau, bi't Rövendörchmahl'n, or ok bi't Kraftfudderanmischen. Darbi vertell'n wi uns wat, vun all'n, wat 'n olen Keerl un wat 'n lütt'n Jung intereseern deit. As ik denn 'n bet'n gröter würd, smeet ik mi up de Kaninkentucht, un Chrischan stünn mi bi mit Rat un Tat.

Aver een Eegenart harr Chrischan, de ik lang Tiet ni begriepen de. In sien linke Westentasch harr he 'n blanke Doos. Up den Deckel weer 'n Keerl mit Zylinderhaut afbild. Von Tiet to Tiet haal he de Doos rut un sneed sik 'n Stück vun sien Priem af, den he darin upbewahr'n dee. Mi keem dat markwürdig vör, un ik fröög eenesdaags: „Chrischan, wat hest du dar?" „Dat sünd mien Lakritzen", anter Chrischan. „Chrischan", säd ik nu, „giff mi doch mal 'n Stück vun dien Lakritzen." „Oh mien Jung", meen Chrischan, „mien Lakritzen, de magst du ni". „Doch Chrischan", anter ik, „dien Lakritzen, de mag ik bannig, bannig geern". „Dat glööv ik di ni", meen Chrischan. Denn hol he aver sien groot Klappmess ut de Tasch un sneed 'n Stück Priem ab. „Dar", säd he un gev mi dat hin. „Sallst mal smecken, muß aver foorts'n wedder utspeen." Dunnerja, smeck dat gruwellig. Ik spee dat in hogen Bogen in de Addelrünn. Aver dennoch, wat würd mi slecht tomoot. Ik leep foorts'n na de Köök, na mien Mudder. „Mamma", reep ik, „mi is ganz slecht. Riev mi gau mien Büker." „Wat is mit di, mien Jung", fröög mien

Mudder. „Hest du amenn smöökt?" „Nee, nee", anter ik, „ik heff ni smöökt. Ik heff blots Chrischan sien Lakritzen pröövt." Dar keem Chrischan ok al de Kökendöör rinstört. „Chrischan", säd mien Mudder, „wo kannst du den Jung 'n Prüntje geven!" „Fru, he hett blots mal pröövt un foorts'n wedder utspeg'n, foorts'n wedder utspeg'n."
Wenn dat in de letz'n Aprildag'n güng un sik buten dat Fröhjahr ankündigen dee, denn würd Chrischan grantig. Eens Daags geev dat 'n groten Krach, un schimpen keem Chrischan in de Stuuv rin. Vatter säd nix, slööt sien Geldkasten up un taal Chrischan ut. Denn säd he: „Na Chrischan, denn tschüs bit to Harvst." Mudder aver geev em de Hand un säd: „Lat di dat gaud gahn, Chrischan, un drink ni so veel". Chrischan säd nix mehr. He straak mi lang de Bakken, dreih sik üm un güng rut.
So güng dat Jahr för Jahr, bit een's Harvst Chrischan ni alleen keem. He harr 'n Kumpel mit, un duun weer he ok gar ni. Chrischan kunn ni mehr, un Heinri' Prinz vun Preußen, sien richtigen Nam'n weet ik gar ni, würd nu Futtermeister. Na den keem Willem vun Berlin, aver so as mit Chrischan würd dat ni wedder.
Erstan keem he noch 'n paarmal so up veertein Daag, denn leet he mi noch af un an mal gröten. Nastens höör ik nix wedder vun Chrischan. Sien annern Fründ, de Kööm, harr em wull sachten ünner de Erd trocken.
Ja, wo sünd se överhaupt wull all bleven, de olen Monarch'n? Ik glööv, ehr is dat so gahn as de Aadbaars, vun de de hochdüütsche Naturforscher seggt: „Der moderne Mensch hat ihnen ihren Lebensraum entzogen." Ja, eerst geev dat keen Deerns mehr to 'n Melken, un de Buurn nöhm'n sik 'n Schweizer för't Veeh. Nu güng'n de Monarch'n noch mit 'n Döschdamper vun Hoff to Hoff. Aver de Lohndöschers kem'n up, un dar güng dat hopp, hopp. De Ünnernehmer wull up sien Geld kam'n. För de olen Monar-

chen weer keen Platz mehr. Mögli', dat in uns modern Leistungsgesellschaft keen Platz mehr för ehr is. Aver 'n schön Stück ole Romantik is mit ehr gahn.

Huuvengeschich'n

„Was laß ich mir mit Haubengeschichten ein", säd de Inspekter Brösig, da repareer he mit Sacksband, Pietschensnörn un sien Klappmess ool Mudder Nüßler ehr Sünndaagshuuv. Rechtli harr he gar nix damit to kregen, denn he weer Inspekter över twee gräfliche Göder. Aver wiel he 'n gaudmödigen olen Herrn weer, dee he dat för sien lütt Patenkind, de Grootmudder ehr Huuv tweispeelt harr. Huuven weern datomal bi de Froonslüüd överall in de Mood, würd'n ok Kompothaut nöömt.
Karsten Timm kümmer sik ingli' ni üm Huuven un Kompothööd. Blots sien egen Fru, Lena, de pleeg ehr Huuv in Karsten sien Zylinderhaut uptobewahrn, wegen de Fassong. Dar wüßt Karsten aver nix vun af, denn wenn he sien Zylinder bruken de, denn harr Lena ehr Huuv al lang rutnahm'n. Se wuß ok jo so gaud as he, wenn wat Fierliches in't Huus stünn, wotau de fierliche Haut nödig weer. Se leed em ok jümmers sien Tüüch torecht, denn so akorat Karsten ok up sik sülvst weer, een Deel harr he an sik, he weer jümmers 'n bet'n laat dar vör, weswegen sien Lena Vörpahl slöög. Eenes Daags weer se aver doch ni dartau kam'n, un Karsten müß to Beerdigung. As gewöhnli' keem he in de letzte Minut rin. Gau ümtrecken, en Griff in't Schapp na 'n Zylinder, de Knech'n harr al anspannt, un los kunn't gahn.
Karsten keem noch eventau hin. He sett sik in de Kirch up en vun de letzt'n Bänk, dar, wo dat jümmers 'n bet'n schummeri is. Sien Zylinder up Knee, sung he düchtig mit. Lena

ehr Huuv aver weer fast in den Haut rinpreßt un bleev ok dar sitten. Nu güng dat na'n Kirchhoff, un Karsten sett den Haut wedder up. As den nastens de Sarg dallaten würd, nehm dat ganze Gefolge den Haut av un tövte up den Paster sien'n Segen.

Un dar stünn Karsten nu an't Graff, mit blangeputzte Schauh, in sien'n tadellosen Gehrock, mit Parlnadel in Slips, den swartsieden Zylinder in de Hand un mit Lena ehr Sünndaagshuuv up 'n Kopp. Sogar de Paster kunn sik 'n Grien'n ni verkniepen, un de ool Willem Thießen säd nastens to sien Fru, as he ehr düt Stück vertellt harr: "Dat is so, Deuten, Spaß mutt sien bi de Beerdigung. Sünst geiht keeneen wedder mit." Wat aver Karsten nastens to Lena seggt hett, daröver will ik lever swiegen.

Ik kaam ja wedder, Pappa

Fiede Cassen stünn in de Eck vun sien'n Gaarn un keek över de Gaarnport röver, den Fahrendörper Weg lang. Dat dee he in de letzt'n Jahr'n heel faken. Fröher, wenn he den Gaarnstieg langgahn weer, denn harr sik 'n lütt week Hand in de siene schaven. De Hand weer sien Dochter Hella ehr west, un de harr seggt: "Pappa, gah mit mi na 'n Höker un kööp mi 'n Klüten." Den annern Dag: "Pappa, mien Teddy bruukt notwendi' 'n nee Sleuf", or "Kümmst du mit mi, Pappa, ik will dor an Knick för Mamma Blaum'n plück'n?" Ja, dat weer Fiede sien lütt Dochter Hella! Aver Hella weer gröter worden. Denn weer eenes Daags 'n Möbelwagen vörföhrt un harr Hella ehr Kraamstück'n afhaalt. Se verleet ehr Vadders Huus. Fiede harr bi't Upladen hulpen, bit all'ns to Wagen weer. De Möbelwagen weer afföhrt, un sien Dochter ehr Stuuv stünn leer. Blots de lütt witt Teddy, den

Hella, as se lütt west weer, jümmers up 'n Arm hatt harr, stünn noch verlaat'n rüm. An em harr nüms dacht. Fiede nöhm em an sik un wenn sik still af. Aver Hella harr dat doch sehn. Noch eenmal schööv se ehr Hand in sien un säd: „Ik kaam doch wedder, Pappa!"
Dat weer nu al Jahren her, un siet de Tiet stünn Fiede faken in de Eck vun sien'n Gaarn un keek över de Poort na Fahrendörp hintau, as wull he den Möbelwagen nakieken, de em sien Deern afhaalt harr. Den lütt'n Teddy aver, den harr Fiede den sülvigen Avend up den Dag, as Hella ut' Huus gahn weer, up sien'n Nachdisch an't Bett sett, un dor seet he jümmers noch. Wenn Fiede avends to Bett güng, denn dacht he an sien lütt Deern un wo ehr dat wull gahn dee. Un wenn he morgens upwaken dee, seh he den lütt'n Teddy, un wedder dacht he an sien Deern, wenn se morgens in sien Bett kam'n weer un em argert harr. Ach, wo geern würd he sik noch mal vun ehr argern laten. Denn stünn Fiede up un güng in Gaarn, bit in't büdelst Eck. Dor keek he över de Poort, den Weg lang na Fahrendörp tau.
Hella harr heirat un sülvst 'n lütt Dochter. Fiede harr ehr bekeken, weer noch bannig lütt, as se dar so in ehrn Stuvenwagen leeg. För Fiede weer dat all ni wahr. He kunn sien egen lütt Deern jümmers ni vergeten. Ok hüüt weer dat so. Sien Ogen güng'n wedder den Fahrendörper Weg lang, un sien Gedanken weern wiet weg.
Dar schööv sik mit eens 'n lütt weke Hand in siene un 'n lütt Stimm säd: „Opa, gaht wi na 'n Höker un kööpt dor 'n Ies?" Friede wisch sik de Ogen un keek an sik dal. Dar stünn blang em 'n lütt Deern, jüst as datomal sien lütt Hella. Wat harr Hella seggt, as se vun't Huus güng? „Ik kaam ja wedder Pappa". Weer se nu ni wedderkaam?

Mien Frün'n, de ik so drapen dau

Datomal, as Opa un Oma Hartje noch bi uns in't Huus wahn'n deen, güng'n se ok faken an Kanal spazeern. Wenn se denn nastens wedder dar weern, keem Oma Hartje na uns rup un vertell, wo schön dat west weer un wokeen se all drapen harrn. Achteran schütteln wi wull mal den Kopp. „Wat de Olsch sik blots inbild'. Aver laat ehr. Se is jo oolt." Ja, wenn ener öller ward, denn lehrt he de lütten Saken för groot antosehn, wiel he de würkli groten ni mehr recken kann. Mi geiht dat jüst so, denn ik bün jo so bi lütten ok al 'n olen Mann worden un heff dat lehrt, mi över all de lütten Saken to freu'n, so as de mi bemöten daut, wenn ik morgens mien Spazeergang maak, un wen ik all drapen dau.
Foorts, wenn ik in de Anlagen rin kaam, denn sit dar de Gröönfinken up 'n Baum un trällert mi wat vör. „Nett, di mal to sehn", fleit de ölste vun jem. „Winterdaags seht wi uns jo jeden Dag an dien Futterhuus." Gah ik denn de Trepp rünner na de Eider hin tau, fangt ener fürchterli' an to schimpen. Dat is de Fasan, de dor an Över sien Revier hett. Warrd he mi denn künnig, is he still. „Kunn jo ni weten, dat du dat büst", pleegt he denn to segg'n. „Aver weets du, wat mien Fro is, de sitt jüst up Eier, un dar kaamt so veel Lüüd mit Hunn'n vörbi, dar kann en würkli nervöös warr'n." Denn dreiht de dare Macker sik batz üm un lett mi stahn. Maneern hett de an sik. Un darbi sull ik em doch noch vun mien Fro gröten un sien Olsch allens Gaude wünschen. Na, denn ni.
Intwischen bün ik an de Eider ankam'. In den Dackpulk neffen dat Siel wahnt 'n paar Bleßhöhner. Dat sünd eenfache fründliche Lüüd. Ni so upgespeelt as de Fasans. Wenn se mi wies ward, denn kaamt se ut ehrn Dackpulk ruut, seggt fründli' Gun' Dag, un de Hahn fraagt mi, wo mien Fro dat geiht un worüm se ni mit is. Vertell ik denn, dat mien

Fro ni mit is, wiel se al Kaffee maken deit, fraagt mi de Hehn foorts'n, ob ik ehr ni 'n Stück Broot mitbröcht heff. Denn sall ik ehr dat man jo gau geven, ehr de Enten dat wies ward. Wiß kreegt se ehr Broot, aver för de Enten mutt ik noch wat behol'n. De luurt al up mi. Se wahnt 'n lütt Stück wieter de Eider rup, un dat gifft 'n hellsches Gesnater. De Enten harrn lever still sien sullt un freten, denn nu kaamt dar 'n paar Swaans an. Ob de wull hier dat Finanzamt sünd? „Fofftein Prozent Mehrwehrtstüür", seggt de Swaan un snappt sik 'n groten Brootkluten. „Twindig Prozent Inkamenstüür", seggt se, de Swanen, un snappt sik ok en. „Dörtig Prozent Schenkungsstüür", seggt de Swaan wedder, wobi he sik dat allergrötste Stück snappen deit.

De Enten hebbt aver ok dat Sluken ni vergeten, un ik kann mi den T'rüchweg dörch Böverholt tauwen'n. Wat is aver dor hüüt morgen al los? Dat is jo en Hammern un Weeswarken. Dar kiek de Meister achter de groot Böök ruut, in sien'n swarten Timmermannsantog un de rode Kapp up 'n Kopp. Wiel dat ik na den Specht kieken dee, bün ik den lütten Keerl gar ni wies worden, de vör mi rüm hüppen dee. „Velen Dank för de Nööt letzte Wuch!" röppt de Katteker un is al wedder up den nächsten Baum.

Up dat Steengraff an 'n Weg resoneert 'n Baukfink. „Nu seh di dat doch mal an", seggt he, as ik ran kamen bün. Dar hebbt de Lüüd dat ool Steengraff dor achter ruthaalt un hier wedder upstellt. Dat is aver doch veel to kort. Wo sall dar 'n utwussen Hünen in liggen?" „Inspekter", segg ik to den Baukfink, „woso versteihst du wat vun Steengräver?" Dar swirrt he un sett sik up 'n Baum to sing'n. Ja, so is dat aver. Eerst de Keek wiet apen un denn kniepen.

„Na, wat säd'n se denn, dien Frünn?" seggt Mudder, wenn ik mi dalsett to 'n Kaffee, un grifflacht. Nastens mutt ik ehr aver all'ns vertell'n, wen ik drapen heff un wat se seggt hebbt. Un denn freut wi uns beid daröver.

De Herr un sien Hund

Wenn ik morgens ut mien Kökenfinster keek, denn seh ik de beiden, den ol'n Herrn un sien'n Hund. Ob'liek dat noch fröh an Morgen weer, so weer he, de ole Herr, doch jümmers up jüst, ob nu Sommer or Winter weer. He, de Hund, weer ok jümmers liek. Wo sull dat ok wull anners sien bi en mittelgroten, gelen Hund, vun den keen so draad seggen kunn, to wokeen vun de Hunn'nrass'n he ingli tauhöörn dee, respektabl vun wokeen vun de velen Hunn'nfamilien he överall wat vun af harr. Aver trotz düsse Egenaarten, möglicherwies ok jüst deswegen, schien he en bannig tru'n Hund to sien, de sien Herrn överall hin folgte.

Wat nu den olen Herrn sülven anbelangte, so mutt ik segg'n, dat ik em ninich persönli heff kennenlehrt, blots dat he Morgen för Morgen an mien Kökenfinster vörbigüng. Wer müch he wull ween? Weer he mit sien Hund alleen, wiel de beiden al jümmers so fröh up 'n Weg weern? Or harr he doch Familie un wöör den beiden tietig rutpüstert, dat de Froonlüüd free Hand harrn för de Huuswirtschaft? Ik kunn dat blots raden, jedenfalls datomal. Nastens kreeg ik Gewißheit, trurige Gewißheit. Aver dat keem later.

Dat geev Daag, dar jachtern de beiden richtig rüm, un dat geev ok Daag, dar sleken se trurig an mien Huus vörbi, jüst so as harrn se Sorgen. Männichmal, denn bemöten se den lütten Heini Peters, de up 'n Schaulweg weer. Denn bleven se jümmer stahn. Över den olen Herrn sien Gesicht güng 'n fründlichen Schien, ok wenn he sien'n trurigen Dag harr, un he wessel 'n paar Wöör mit den Jung. De Hund aver keem ganz ut de Tüüt, so freu he sik. Se kem'n jeden Dag, de Herr un sien Hund, ob Sünnenschien or Regen.

Aver eens Daags bleven se ut. Ok den annern Dag un den drütten. Den veerten Dag tööv ik den lütten Heini Peters up. „Heini", fröög ik, „kennst du den olen Herrn, de hier

sünst ümmer mit sien Hund vörbigeiht?" „Nee," säd Heini, „ik heff em blots jümmers hier drapen, un he harr denn ümmer Buntjes för mi. Ik heff männichmal den Hund 'n Knaken mitbröcht. Ajax heet he, ik meen den Hund." „Un wo de ole Heer heet, dat weest du ni?", fröög ik wieter. „Nee", anter Heini, „aver ik weet, wo he wahnt. Ik heff dor mal för Ajax Knaken hinbröcht, un güstern bün ik ok hin west. Ik wull sehn, ob he amend krank weer. Aver dor is allens afslaten un nüms to sehn. Ob he wull verreist is?"

De ole Herr weer aver ni verreist. Tein Daag later stünn dat in de Zeitung. Spazeergängers harrn ehr funn'n. De ole Herr harr neffen 'n Bank legen. Anschienend harr he dor Pust hol'n, as he den Hartslag kreeg. De gele Hund harr bi em seten, tein Daag lang, halv verhungert. He harr ganz alleen leevt, de ole Herr. Sien eenzigen Söhn, so stünn dat noch in't Blatt, de in en wiet entfernte Stadt wahn, harr sik ni faken üm em kümmert.

Wat ut den Hund worrn weer, darvun stünn nix in de Zeitung. Bald aver wüßt ik dat. He keem mi entgegen, mit Heini Peters. „Du Heini mit den olen Herrn sien'n Ajax?", so fröög ik. „Ja", säd Heini, „dar weer jo kener, de em hebb'n wull, un dar heff ik eenfach fraagt." Ja, ob de ole Herr wull bald vergeten is? Twee aver weet ik, de ward em so draad ni vergeten. En lütten Jung, de Heini Peters heet, un 'n mittelgroten gelen Hund, vun unbestimmte Rasse.

De Bruunkaukenkeerl

Grete Tietgen keem in de Köök rin un sett den Korf up 'n Disch. „En'n schön'n Gruß vun Fro Rubink an de Fru", säd se, „un Fro Detlevsen weern all de Schinken slecht worden; Fro Brand harrn de Müüs de Winterappeln upfreten, Fro

Tingsfeld ehr Höhner harrn uphol'n to legg'n, de Schaulmeister weer al wedder dree Dag duun, aver de Pottasch weer jüst vergrepen." Wieldes de Deern düt all vertell'n dee, pack se ehrn Korf ut un legg Mandeln, Sukat, Sirup, Zucker, kort all'ns, wat to 'n Bruunkaukenbacken höört, vör Mudder up 'n Disch. „Na, denn mutt ik even dat Natron-Rezept nehm'n", säd Mudder ohn vör de Deern wieter up ehr Gesluder intogahn.

Klaus, Mudder ehrn fiefjöhrig'n Jung, seet vunwegen den Sneeregen buten ok an Kökendisch un weer darbi, ut Kastangeln un Kirschenbusch Köh to maken. As he aver all de gauden Saken up 'n Disch seh, würden sien Ogen groot, un he rööp: „Mudder, dörf ik ok mitbacken?" „Na, nu lat di man Tiet", anter Mudder. „Ik mutt eerstmal andeeg'n".

Nastens, as Mudder den Deeg up 'n Kökendisch utrullt harr un mit so 'n lütt Rad de Kauken uttrenn'n dee, geev se Klaus de Deegkanten hin. De weer denn ok foorts'n darbi, en'n schön'n Brunnkaukenkeerl darvun to maken. En halve Mandel kreeg he as Nees, twee Sukadestück'n weern de Ogen. As Tähn nöhm he hackte Mandeln, un för den Keerl sien Jackenknööp harr he noch 'n paar bunte Smartjes. Denn kreeg he noch 'n witt 'n Haut un witte Steveln.

Nu möök he ut witten Deeg de Bruunkaukenfro, un de kreeg sogar 'n Halskeed ut Lievesparl'n. He paß denn genau up, dat Mudder sien Maakwark heel vörsichtig in Aven schööv. Dat weer ok ja meist 'n richtiges Kunstwark worden, wat nastens vör em leeg. Klaus kunn sik gar ni' sattsehn, un blots dörch de Verlövnis, dat sien Bruunkaukenlüüd bi em up 'n Nachtdisch ligg'n dörfen, weer he to bewegen, to Bett to gahn. Bevör he inslööp, kiek he sien nee'n Leevlinge noch mal recht indringli' an.

Aver he slööp jo garni. Wat möök de verdrehte Bruunkaukenkeerl blots för Anstalten. Hampel dar up Klaus sien Bettdeek rüm, as wull he nu noch 'n bet'n Gymnastik maken. He smeet de Been as so 'n Gardegrenadier, un nu wull he sogar 'n Överslag maken. Nu fung to all'n Överfluß ok noch de Radiowecker an to spel'n. Irgend ener harr em sach verkehrt instellt, aver den Bruunkaukenkeerl schien dat to gefall'n. Amenn harr he al lang up 'n Bummelschottsch'n töövt. He möök 'n Dener vör de Bruunkaukenfro un faat ehr üm de Taille. So danzten de beiden 'n Tango, jüst as Klaus dat in Fernsehn sehn harr. Wat se blots den Kopp smeet. Nu würd 'n Buggi speelt, un de Bruunkaukenkeerl smeet de Fro hoch in de Luft. As he ehr wedder upfung'n harr, krööp se em twischen de Been dörch. Nu sull dat Ganze noch mal losgahn, aver wat hampel de Keerl ok so wild rüm. So kreeg he de Bruunkaukenfro ni richti' faat. Se kreeg em noch an Steevel tofaten un reet em mit dal. Klaus schreeg luut up, denn wat sien Bruunkaukenlüüd west weern, dat leeg nu as Bruunkaukenkrömel an Fautbodd'n verstreit.

Dar güng de Slaapstuvendöör apen, un Mudder keem rin. „Klaus, wat is di, mien Jung?" fröög se. „Mien Bruunkaukenlüüd sünd bei tweifull'n", ween Klaus. Un nu vertell he Mudder, dat se beid so dull danzt harrn un denn koppheister up 'n Fautbodden full'n weern. „Ach wat, Jung", säd Mudder, „du hest jo dröömt. De beiden liggt jo heel un ganz up dien Nachtdisch. Aver weest wat, wenn de so veel Spijöök maakt, dat du gar ni slapen kannst, denn will ik ehr doch lever mit rutnehm'n." Se deck ehrn Jung noch mal tau, denn nöhm se den Teller mit de Bruunkaukenlüüd un güng ut de Döör. Dar dreih Klaus sik up de anner Siet un slööp, bet de Dag to 'n Finster rinkeek.

Dat Haulock

„Nu is dat Haulock doch wedder dar", säd Vadder, as he to Kaffeetiet in de Stuuv rinkeem. Darbi harrn se den Weg na Bamhusen hin eerst vergang'n Fröhjahr asphalteert. Aver nu weern Steen för den Swienstallbu ranföhrt word'n, un dat ool Haulock weer wedder dar. Dat weer aver al jümmers so west. Jeden Fröhjahr weern de Meesdörper un Bamhuser Buurn darbi un möken dat Haulock dicht mit Steen un Grand, aver to Harvst, wenn de Mist rut weer, denn weer dat Haulock wedder dar. Wat Vadder sien Vadder west weer, de harr jümmers meent, dat dar wull 'n Born ünner 'n Weg weer.
Harald un Elke, de beiden Kinner, veer un fief Johr oolt, höl'n up to speel'n, as Vadder vun dat Haulock vertell'n dee. Denn mit dat Haulock, dat harr dat noch 'n Bewandtnis, un dat weer al so west, as Großmudder noch 'n ganz lütt Deern west weer. Jeden Wiehnachten harr de Wiehnachtsmann bi dat Haulock in Bamhuser Weg mit sien Ruschen ümsmeten.
Wiehnachten weer jo al övermorgen. „Ob de Wiehnachtsmann nu doch wull wedder ümsmitt?", fröög Elke ehrn Broder, un se dach' darbi, wat Großmudder vertellt harr, an all de Kringels, Appel un Nööt, de se as Kind den annern Morgen funn'n harr. Harald dach 'n Ogenblick na. Denn anter he sien Swester: „De Wiehnachtsmann hett sach sien'n Rüschen ok jüst as wi ganz achter in't Fack stahn. De kümmt nu mit 'n Lieferwagen, un darmit smitt he ni üm." Nastens, as de Kinner to Bett güng'n, müß de lütt Elke noch jümmers daran dinken, ob de Wiehnachtsmann wull ümsmiet'n dee. Aver letztends sleep se doch tau, un as se den annern Morgen an Fröhstücksdisch seet, dar harr se dat ganz un gar vergeten.

Dar vertell Vadder, dat en hüüt nacht, he harr al slapen, bi em an't Finster kloppt harr. As he denn rutkeek, harr dar 'n ol'n Mann mit 'n lang'n witten Bart stahn un em beden, he müch mal den Autobargungsdeenst anropen. He harr bi dat Haulock mit sien Lieferwagen ümsmeten. „Wenn ik mi dat so nasten överlegg", säd Vadder wieter, „denn kunn dat meist de Wiehnachtsmann west sien. Loopt man gau mal na't Haulock hin un kiekt tau."
Dat leten sik de beiden Kinner ni tweemal segg'n, un rut weern se. „Kiek mal, Harald", säd Elke, „hier liggt 'n Pöppi!" Aver Harald harr sülvst 'n lütt Auto funn'n un weer nu darbi, all de Kringel intosammeln, de överall verstreit legen. Sien ganze Mütz harr he vull. Elke harr ehr ganze Schört vull vun lütte rode Dannenboomappeln, un ok 'n ganz Paket Fiegen harr se funn'n. So kem'n de beiden denn nastens wedder in de Stuuv rin. „Dunnerwedder!", reep Vadder, „denn is dat also doch de Wiehnachtsmann west. Aver nu to Fröhjahr mööt wi dat Haulock würkli taumaken. Dat geiht doch ni, dat de ole Mann dar jümmers ümsmitt".
As Elke avends to Bett güng, beedt se: „Leve Gott, maak mi fromm un maak ok, dat de Bamhuser un Meesdörper Buurn to Fröhjahr dat Haulock ni taukreegt.

Wiehnachtenavend

Wiehnachtenavend! De Heven weer gries un grau, un de Sneeflock'n füll'n dichter un dichter. As de letzte Tog up de lütt Station hööl, möök de Vörsteher den Dann'nboom an. Dat würd bannig schummerig, un de paar Lüüd, de vundag utstegen, sehn tau, dat se to Huus kem'n. Dat weer Wiehnachtenavend!

Blots de junge Deern stünn as verlor'n noch up den Perron, so as wenn se gar ni wüß', wohin se sik wenn'n sull. Denn faat se sik aver 'n Hart un fröög den ol'n Mann, de noch vörbikeem, ob he weten dee, wo Hans un Telse Thießen wahn'n deen. De Ool geev brummi' Utkunft un güng wieter. He weer aver noch keen dree Schritt gahn, dar bleev he boots stahn un dreih sik üm. Darbi keek he de Deern an, as weer se 'n Gespenst. Denn schüttel he truurig den Kopp un güng wieter.
Wiehnachtenavend! Hans un Telse Thießen seten in de Stuuv. Telse strick an 'n Paar Strümp, un Hans gruvel vör sik hin. Denn legg Telse de Strümp bisiet un stünn up. „Will man mal na de Ent kieken", säd se un güng na de Köök. Hans stünn ok up un steek 'n paar Lichter an den lütt' Dann'nboom. Denn güng he röver na 't Vertiko un bekeek dat Bild vun den jung'n Suldat'n, dat dar stünn. Dat weer sien Jürn west, sien eenzig'n Söhn. Fröher, as Jürn noch darwest weer, wat harrn se dar jümmers vergnöögt Wiehnachten fiert. Wat harr de Bengel sik jümmers freut. Aver denn keem en Wiehnachtenavend, dar bröch de Postbood mit de Wiehnachtskorten ok en amtliches Schrieven. In ehr lütt stille Welt harrn de dree ganz vergeten, dat buten Krieg weer, un nu müß' ehr Jürn Suldat ward'n. Jüst an Wiehnachtenavend keem de Bescheed.
Den annern Wiehnachtenavend, as Hans un Telse truurig in de Stuuv seten harrn un mit ehr Gedanken bi Jürn weern, dar harr dat an de Döör kloppt, un as Telse apenmaken dee, dar harr he vör ehr stahn. Wiehnachtsurlaub! Ach, wat weer dat wedder 'n schön'n Wiehnachtenavend!
Dat weer denn aver ok dat letzte Mal west. As denn wedder Wiehnachtenavend weer, harrn se vun ehrn Jung 'n Breef kregen, ut en frömde Stadt in en frömdes Land, un de Wiehnachtenavend, de denn keem, dat weer de truurigste in ehr ganz Leven west, de truurigst Dag överhaupt. Mit de

Wiehnachtspost keem de Naricht, dat he full'n weer, ehr Jürn. In de Jahr'n darup harr Telse dat jümmers so maakt as fröher, as wenn ehr Jürn jeden Ogenblick in de Döör keem, aver de Wiehnachtsfreud keem ni mehr.

As de ole Mann in dat Sneegestöver verswunn'n weer, nöhm de Deern de Kuffer up un güng up dat Thießensche Huus tau, jüst as de Ool ehr wiest harr. As se nu langsam dörch den depen Snee stapp, dach se daröver na, dat düt de eerste Wiehnachtsavend weer, an den se ganz alleen weer. Dar, wo se her keem, dor würd de Wiehnachtenavend wull wat lichtfartiger begahn. Aver för se un ehr Mammi weer dat jümmers en ganz besonneren Dag west. Aver nu weer ehr Mammi vun ehr gahn, un as se markt harr, dat dat mit ehr toenn güng, dar harr se ehr Deern to 'n eersten Mal vun ehrn Vadder vertellt. He wer een jung'n düütschen Suldat, Jürn Thießen harr he heten, un he weer ehr Mammi ehr ganz grote Leev west. Aver denn harr Jürn na Rußland müßt. „Wenn du in Not büst", harr he seggt, as he weggüng, „denn gah na mien Mudder hin." Datsülve harr ok in sien eersten Breef stahn. Mammi harr em antwoort, harr em wat ganz Wichtiges mittodeeln, aver ehr Breef keem trüch. Dat he full'n weer, harr 'n frömde Hand darup schreven. Nu weer Mammi ganz alleen, aver den nächsten Wiehnachtenavend weer se kam'n. Na Jürn sien Mudder to gahn, dar harr ehr Mammi ni den Maut to hatt, aver ehr lütt Deern harr se den Nam'n Telse geven, jüst as de höös. „Wenn ik di nu alleenlaat", harr se denn noch seggt, „denn büst du hier ganz alleen. Darüm gah hin na sien Öllern."

Nu stünn se also vör de Döör, vör dat frömde Huus, wo de frömden Lüüd in wahn'n, wat aver doch ehr Grootöllern weern, un klopp liesen an de Döör.

Wiehnachtenavend! De Entenbraden stünn up 'n Disch, un an den lütt'n Dannboom brenn'n poor Lichter. Aver ehr Schien fung sik ni in de Ogen vun de beid'n Minschen, de still an Disch seten, de Hann'n in Schoot. Ehr Gedanken weern wiet av. Dar klopp dat liesen an de Huusdöör. Telse keek Hans verwunnert an: „Wer will denn noch wat vun uns an Wiehnachtenavend?" He wüß ok ni. As Telse de Döör apenmöök, schreeg se luut up: „Jürn!" Denn faat se sik an ehr Hart un keek de junge Deern, de vör ehr stünn, mit 'n bleek Gesicht fraagwies an. De säd aver ganz ruhig: „Ik bün Jürn sien Dochter un heet Telse." Dar füll de ole Telse ehr slankweg üm Hals, un de Tran'n rön'n darbi de Backen hindaal.

Wiehnachtenavend! An den lütten Dannboom brenn'n de Lichter un spegeln sik in de Ogen vun de dree Minschen, de üm den Disch seten. De Deern vertell, wat se sülven wüß', un de Ol'n hör'n tau. As se to End weer, legg Mudder Telse ehr Arms üm Hans un de Deern: „So, nu wüllt wi aver vergnöögt Wiehnachten fiern, denn Hans, uns Jürn is wedder bi uns."

Der Autor über sich selbst

Gebor'n bün ik 1924 in uns Landeshauptstadt Kiel, aver upwussen in Fiefharrie, en Dörp bi Borsholm. Ik weer Buurjung un heff og erstan Landwirtschaft lehrt. Na den letz'n Krieg heff ik denn ümsadelt un bün bi de Verwaltung anfung'n. De meiste Tiet bün ik bi'n Kreis Rendsborg west.

Plattdüütsch schreven heff ik al as Schauljung, aver blots för mi sülven. Bit ik denn een's Daags up Karl-Heinz Freiwald stöten dee, de mien Vertellen in de Landeszeitung bringen dee. Irmgard Harder un nastens Ernst Christ un Jürgen Hingst bröchen mien Vertellen in Norddüütschen Rundfunk.

Uterdem heff ik för dat Schleswig-Holsteensche Jahrbauk, för 'n Eutiner Klenner, för de Kieler Nachrichten, de Landpost un verschiedene Regionalzeitungen schreven. Vun't Ohnesorg-Theater würd mien Vertellen „Matten Lüttjojann" mit 'n Ehrenurkunde bedacht.

Un schrieven dau ik noch jümmers un ward dat ok wull wieder daun.